FVA

Juliane Baldy

PAUL

Roman

FRANKFURTER VERLAGSANSTALT

0

Ich mach jeden Scheiß mit. Aber diese Idee ist für den Arsch. WLAN-Sperre. So nennt sie das jetzt. Okie. Wenn die denkt, dass Real Life funzt.
Ich bin doch nicht real, nur weil ich draußen rumlatsche und Frischluft schnupper. Mann.

1

Ab auf den Stuhü. Ne Pulle. Allein deshalb, um mal den Ausweis rauszuholen. Bist du schon sechzehn. Logisch. Hier. Kannste rechnen. Siebzehn.
Stuhü. Voll bescheuert. Stuhü nennen den alle, weil der Park auf nem Hügel ist und in dem Park sich die Stufe trifft. Ich sag doch, voll bescheuert. Ob ich da bin oder nicht, kümmert keinen.
In der Stufe gibt es zwei Teams. Die Gewinner und die Verlierer. Es ist nicht so, dass die Schönen, Reichen und Schlauen automatisch Gewinner sind und die Hässlichen, Dummen und Sozifälle Verlierer. Entweder du bist cool oder uncool. Klaro hilft es, wenn du reiche Erzeuger hast. Oder die Girls dazu kriegst, mit dir ne Runde Sterne gucken zu gehen. Eine große Fresse schadet auch nicht. Streber sein ist uncool. Wer lernt, ist feige. Ein Verlierer halt. Von denen gibt es viele. Die Gewinner nennen sie gern Spackos. Oder Hartzies. Streber. Ökos. Hosenschisser. Versager. Schwanzlutscher. Nazis. Ich bin irgendwie dazwischen. Ich kam noch nie mit nassem Kopf vom Klo, keine Kippen-Narben, kein Kleinkram wie Luft aus den Reifen.
Heute schießen sich alle ordentlich ab. Klaro. Letzter Schultag. Sommerferien. Geh ich halt hin.
Die Verlierer dürfen mit abhängen, wenn sie härteres Zeug als Bier besorgen. Marko ist einer von ihnen.
»Paul. Was machst du denn hier? Gib mal ne Fluppe.«
Ich geb ihm eine. Aus Mutters Vorrat. Das hat sie jetzt davon. Er checkt einfach nicht, dass ich nicht zu ihm gehöre. Ständig labert er mich an.

»Alex will die Neue klarmachen. Kriegt der bestimmt hin.«
»Klaro.«
»Wer, wenn nicht Alex. Alter, der fickt die.«
Ich nicke vor mich hin.
Die Neue. Ida. Als ob die mit Alex. Das passt mal so was von gar nicht. Okie, er ist der Boss. Warum, hab ich noch nie kapiert. Er ist voll das Riesenbaby. Aufgedunsen. Und Löckchen aufm Kopf. Ich denk, er ist mehr der Boss wegen seiner Erzeugerkohle als wegen seinem Kopf. Kann mir auch egal sein. Ich bin froh, dass ich ihm egal bin.
Über Ida werden die abgefahrensten Geschichten erzählt. Drogenküche im Keller. Mutter Mumienjägerin. Und Supermodel. Vater Spion. Was weiß ich. Da kannste nichts drauf geben. Geschworen. Das ist meistens nur ne Überdosis Netflix. Ich hab Ida noch nie mit jemandem abhängen sehen. Sie ist eher still und hockt in jeder Pause allein auf ner Bank. Ich kann mir nicht vorstellen, dass sie Bock auf die Pappnasen hier hat.
Marko holt Apfelkorn raus. Hat er aus dem Keller. Von seinem Alten. Mann, bin ich froh, dass ich keinen hab. Erzeuger. Und Mutter trinkt keinen Schnaps. Nur Sekt und so. Eine Tüte geht rum. Alex zieht nicht. Sagt, er hat noch ein Date. Dabei grunzt er so dumm. Als ob.
Ich würde gern lachen. Laut. Aber ich lass es. Hat ja jeder seine Daseinsberechtigung. Also Glupscher auf halbmast und brav im Takt nicken. Daseinsberechtigung. Tolles Wort. Es gibt Wörter, die ich einfach nur gut finde. Alex würde das nicht kapieren. Der findet nur sich gut, und das wars auch schon. Zum Glück muss ich nicht mit ihm texten. Glückskind. Auch so ein Wort. Nick ich halt. Immer noch besser hier, mit den bekifften Pappnasen, als zu Hause mit Mutter. Ohne Netz.

Und dann kommt sie doch. Nicht Mutter. Die Neue. Ida. Ich glaubs nicht. Zu spät für Alex. Der macht mit Franzi rum. Franzi macht so ziemlich mit jedem rum, aber das kümmert Alex nicht. Ida auch nicht. Marko holt die nächste Pulle raus. Schon wieder dieser Deppensong. Alle grölen mit. Je dichter, desto lauter. Ida setzt sich. Neben mich. Sie sagt irgendwas.
»Was.«
»Was du hier machst.«
Ich check es nicht. Sie meint wirklich mich. Echt jetzt.
»WLAN-Sperre.«
»Versteh.«
Über WLAN texten ist voll daneben, weiß ich doch. Aber ich weiß nicht, was ich da sonst.
»Jepp. Brutal.«
»Und deshalb bist du hier?«
»Wie?«
»Sperre?«
»Logisch. Meine Mutter. Zeugnis. Hab ein kurzes Tief in Bio nicht weitergeleitet.«
»Blöd.«
»War halt abgelenkt.«
»Versteh.«
»Jepp.«
Sie hockt nur neben mir und schaut mich an. Grad kapier ich, was das heißt, ne Runde Sterne gucken gehen. Sie ist so. Ich weiß nicht. Alles andere als eine billige Bitch halt.
»Und das ist der einzige Grund?«
»Was?«
»Hätte ja sein können, dass es noch einen anderen gibt. Immerhin sitzen wir zwei ja jetzt hier.«
Bam. Über lit. Klingt gar nicht nach Matratze. Ich bin

geschworen voll anti Romantik. Aber sie, es, es hat mich voll erwischt. Aus der Kalten. Bam. Ich krieg nasse Pfoten. Direkt ab in die Pumpe. Voll der Akt, da was zu kontern.
»Cool.«
Ich mein. Cool. Echt jetzt. Und sie, cool wie sie ist, bleibt sitzen.
»Vorsicht.«
»Was?«
»Da.«
Sie zeigt auf eine Schnecke. Eine Nacktschnecke. Obereklig.
»Gerade noch mal gut gegangen.«
»Jepp.«
Sie meint echt das Glibberding. Glaub ich.
»Schon irre, was hier alles passiert. Oder?«
Scheiße Mann, aber nicht schlecht jetzt, nein, nur, ich weiß einfach nicht, was ich da sagen soll. Null Output. Mann.
»Da kämpfen sich so viele Minileben einen ab. Und wir kriegen das gar nicht mit. Sind einfach nur da.«
Ich muss lachen. Ein bisschen. Minileben. Nice. Das Wort. Minileben. Sie rückt ein bisschen ran. Nicht auffällig und auch nicht von wegen Lass mal rumlecken oder so. Eher wie Huch, ich muss mal kurz rücken, damit ich dieses Glibberding nicht zerquetsche.
Marko schon wieder.
»Eieiei. Mach dich locker. Ida. Andere Söhne haben auch schöne Väter. Alex ist ein Arsch. Brauchst nicht traurig sein.«
»Als ob ich wegen dem hier bin.«
Ida hat voll die schöne Lache.
»Der hat echt ultra lange auf dich gewartet. Und wenn du ficken willst. Ich bin bereit.«
Marko meint das ernst.

»Komm schon. Ich zeig dir, wo der Mond seinen Hammer hat.«
Der spinnt doch. Ida rührt sich nicht. Dann check ich, dass das wohl mein Part ist. Jetzt.
»Mach du dich locker.«
»Willste auch mal einführen, oder was? Kommt schon jeder dran. Schön hinten anstellen, Digger.«
Der Spinner will Ärger. Ich kann so was eigentlich nicht. Ich musste das nie. Ich hab echt immer anti Konflikt geschoben, geschworen. Immer. Und jetzt das.
»Sag mal, checkst du es nicht?«
Ich packe Marko und stoße ihn weg. Es ist viel einfacher, als ich dachte. Er ist so dicht, dass er direkt hinfällt. Plumpst. Hinplumpst. Die anderen gucken gar nicht. Marko murmelt und macht sich davon.
»Siehst du. Es gibt Schlimmeres als WLAN-Sperre. Hirnsperre zum Beispiel.«
Ich glaube, sie meint Marko. Hoffe. Verdammt.
»Der kapiert einfach nicht, dass man auch mal nur so. Dahocken kann. Hier. Sorry.«
Ich stammel voll. Hoffentlich findet sie mich jetzt nicht minus.
»Danke.«
Das sagt sie nicht nur, weil sie denkt, das jetzt sagen zu müssen. Nein. Das sagt sie voll dankbar. Dieses Danke. Und dann hocken wir einfach nur da. Ich weiß nicht, wie lange. Das ist wie. *Piece of cake.* Hatten wir mal in Englisch. Das heißt wohl so was wie Himmel auf Erden. Wenn ich das richtig abgespeichert hab. Ich finde Kuchenstück aber viel geiler. Was weiß ich, wie der Himmel und ob der Himmel überhaupt. Aber Kuchen geht immer.
»Du hast ein Tier getötet.«

Fuck. Nein. Alter, das Glibberding ist Matsche.
»Was? Nein. Noch nie.«
»Eine Mücke. Eine Spinne. Eine Wespe. Fliege. Käfer. Wurm. Ameise.«
Ich muss lachen. Ich fand ewig nichts mehr so witzig.
»Okie. Klaro. Sorry.«
Sie lacht nicht. Ich habs vergeigt.
Und dann. Echt. Sie schaut mich an und grinst.
»Ich muss los.«
Sie ist wohl doch nicht so happy.
»Klaro.«
Ich hab keine Ahnung, was ich sonst sagen soll. Ist ja nicht so, dass ich das ständig tu. Mit der Megabraut auf ner Mauer. Kann sie ja schlecht fragen, einfach so, ob ich sie. Mann, ich komm mir wie der letzte Loser vor, und morgen sind Ferien. Sechs Wochen Sendepause. Noch nie war ich so anti Ferien.
»Kommst du ein Stück mit? S-Bahn-Lichter gucken?«
Sie ist aufgestanden, und ich Trottel denk an Ferien und nicht Ferien, und sie fragt mich, ob ich mitkomme. Echt jetzt.
»Klaro.«
Ich könnte ausrasten. Immer noch nasse Pfoten. Das klingt voll peinlich, aber steh du da mal mit der Wahnsinnsbraut. Und dann gehen wir tatsächlich. Wir gehen zusammen den Berg, Berg ist übertrieben, Hügel halt, den gehen wir runter. Als die anderen uns nicht mehr sehen, nimmt sie meine Hand. Einfach so. Sie sagt nichts. Wir gehen den Stuhü runter, und sie hat meine Hand. In ihrer. Ich sag auch nichts. Ich denke viel zu viel. Vor allem an die nassen Pfoten. Hoffentlich merkt sie das nicht. Ich trau mich gar nicht, sie anzugucken. Es ist ja nicht so, dass

ich immer fürs Labern bin, aber gar nicht labern ist auch komisch. Es rattert nur in meinem Hirn. Ob ich sie fragen soll, ob ihr kalt ist, ob sie noch zu Macces will, ob sie ein Monatsticket hat, ob sie es weit hat nach Hause, nur ob ob ob. Und dann wie wie wie. Wie ich mich. Wie ich sie fragen soll, wann wir uns wiedersehen, wie ich versuchen soll, sie zu küssen, wie ich jemals wieder diese verdammte Pfote waschen soll.

»Schreibst du mir?«

Das sagt sie so gar nicht aufgeregt. Voll locker eher. Cool halt.

»Klaro.«

Mir fällt einfach nichts anderes ein. Sie lässt meine Hand los, schaut so, und, was, ihre Lippen da, auf meinen, ganz schnell, kurz, viel zu kurz, kann da gar nicht reagieren, Schockstarre. Dann geht sie hoch. Zur S-Bahn. Ich steh da. Wie ein Trottel. Glotz nur. Auf die Treppe. Stufe für Stufe. Sie dreht sich nicht um. Mann. Ich hör die S-Bahn, seh sie nicht mehr, logisch.

Lauf ich halt los. Ich bin echt nicht so für einfach rumlaufen. Kein Plan nur, was ich machen soll. Ich lauf die ganze scheiß Greifswalder hoch. An der Ecke gibt es den besten Döner. Die ganze Nacht. Mir ist nicht nach Döner. Mir ist schlecht. Nicht schlecht schlecht. Gut schlecht.

Keinen Schimmer, wo sie wohnt, und in welche Richtung ich müsste, damit die Chancen steigen, sie zufällig zu treffen. Und dann so Nein, du, hier, hey, was für ein Zufall, wusste gar nicht, dass du hier, egal. Weiß ich ja auch nicht. Also Richtung Homebase.

Vorm Supermarkt hockt dieser Penner. Der mit dem Einkaufswagen.

»Na du Pisser! Was glotzte?«

Ich halte die Klappe, logisch, anti Konflikt. Er zieht sich aus, eine Frau redet auf ihn ein. Jeden Tag eine gute Tat. So eine ist das. Oder sie ist einfach nur dicht. Mich kümmert das nicht. Ich find den nur eklig. Der hängt oft auch vor der Sparkasse ab und rotzt vor sich hin. Immer so ein Miniradio an. Er stinkt wahnsinnig. Nein. Stopp. Das ist gelogen. Ich kann gar nicht sagen, wie er riecht. Er sieht nur aus, als würde er mega stinken. EGAL.

2

Beste Lage, sich die Kugel zu geben. Spießiger geht kaum. Auf der einen Seite Platte, auf der anderen wir. Wir, das sind Mutter-Vater-Kind-Butzen oder Rentnerhütten. Wir sind die Einzigen in diesem kack Verein, die den Rasen nicht jede Woche mähen. Das ist ganz korrekt von Mutter.

Fuck. Noch Licht in der Küche. So was von null Bock jetzt. Wie war denn dein Abend. Erzähl doch mal. Immer dieses Erzähl doch mal was, nie erzählst du was. Zu spät.

»Bis morgen. Pass auf die Gabi auf.«

Und dann grunzt sie so. Warum telefoniert die denn nicht weiter. Mann.

»Je später der Abend. Ach, Großer.«

Und immer diese Vorwürfe. Sie hat keine Zeit angesagt, Mann. Das sag ich natürlich nicht. Am besten so lange wie möglich anti Konflikt. Geschworen. Das ist die beste Überlebensstrategie. Alleinerziehende Mütter laufen nur mit anti Konflikt. Ich schwör, alles andere hab ich schon hinter mir. Also zusammenreißen.

»Und? Wie war dein Ausflug ins Leben?«

»Haben gechillt. Musik gehört. Gelabert. Wie krass zugepisst die Spree ist, obereklig. Findest du nicht auch?«

Irgendwas behaupten ist eine sichere Nummer. Mutter nickt voll beeindruckt. Und dazu diese toten Augen. Die hat sie, wenn sie dicht ist. Sie guckt dann voll geschockt, so wie ich mir vorstelle, wie Leute gucken nach nem Autounfall. Oder wenn was Schlimmes passiert ist. Dazu grinst sie, und das ist mal über spooky. Diese Schockstarre-Augen und dieses Grinsen.

Sie nippt an ihrem alkfreien, seit wann denn das, weird, sie nippt an ihrem, echt jetzt, ALKFREIEN Bier. Und grinst trotzdem.
»Setz dich doch mal zu mir, Großer.«
»Sorry, ich bin voll müde, Mutter. Gut Nacht.«
»Weißt du. Ach. Schlaf gut, mein Schatz. Gut siehst du aus.«
Gut seh ich aus. Wie peinlich. Zum In-die-Ecke-Stellen, Mann. Ab in den Keller.

Ich bin froh, dass ich endlich hier unten hocken darf. Früher war mein Zimmer direkt neben ihrem. Dazu echt kein Kommentar. Jetzt fängt sie an, Musik zu hören. Seitdem sie mit Spotify klarkommt, wird es immer absurder. Sie findet jedes Mal mehr Sachen, zu denen sie mitgrölen kann. Nicht assi. Eher so jauchzend. Peinlich halt. Mann, ich Vollidiot. Spotify. WLAN am Start. Ich liebe meinen Zockerplatz. Lieben ist Kitsch und Mädchenkram, ich weiß. Aber ich finde kein anderes Wort. Das ist der einzige Platz auf der ganzen Welt. Plopp. Sie. Ida. Online. Echt jetzt.
IDA Cool wars. ;-)
ICH Klaro.
Ich Trottel. Getextet klingt das ja noch bescheuerter. Auch wenn es nicht klingen kann. Mann, du weißt schon. Voll daneben halt.
IDA Was machst du?
Wie. Was mach ich.
ICH Chille.
IDA Fährst du weg?
Okie. Jetzt oder nie.
ICH Nein. Können uns die Ferien mal treffen.

Bam. Zu spät. Enter. Ab damit. Sie hat schließlich meine Hand genommen. Sie hat mir einen Kuss. Auch wenn es kein richtiger. Sie ist das Mädchen. Da kann man doch fragen, ob man mal chillt in den Ferien. Und wenn nicht, ist es in sechs Wochen auch wieder vergessen.

IDA So gern. Aber ich bin bei meinen Großeltern.

Fuck.

ICH Okie.

IDA Wir fahren gleich los. Schreiben wir?

ICH Klaro.

IDA :-)

Offline. Mann.

Ich hab gar nicht gefragt, wo sie hinfährt. Und wann sie wiederkommt. Bestimmt in die Sonne. Sie sieht so aus. Wie ein Mädchen, das viel Familie hat. Dort irgendwo, wo die anderen Urlaub machen. Ich frag sie das nächste Mal. Das nächste Mal. Hat sie ja gesagt. Dass wir texten. Das ist doch auch irgendwie ein Date. Nicht real. Okie. Aber, hey, Date ist Date. Ich hab ein Date mit dem heißesten Mädchen der Stadt.

3

Ewig gepennt. Und geil geträumt. Kann man ja mal sagen. Ich mein, das kennen die meisten doch. Geil geträumt. Von Mel. Und so. Mann, ich hätte gestern einfach mehr den Macker machen müssen, ich Trottel. Ein bisschen mehr rumknutschen wär schon cool gewesen. So schnell, wie sie ab ist. Süß. Irgendwie. Auch wenn süß an sich ein No-Go ist, doch in Kombi mit Ida geht das schon. Sie ist halt anders als die anderen. Da wars vielleicht schon genau richtig, erst mal auf locker zu machen. Also. Sich Zeit. Und so. Wir haben ja noch ein Date. Jepp.

Voll der Frust. Den ganzen Tag. Ida war keine Sekunde online. Das kann doch nicht sein. Okie, wir haben keine Zeit ausgemacht, aber warum sagt sie dann nicht, die Tage mal oder so. Hab vorm Rechner gehockt und gezockt. Logisch. Und Pizza gesnackt. Zum Glück hat Mutter keinen ihrer Kochversuche gestartet.

Vielleicht ist Ida irgendwohin, wo Zeitverschiebung ist. Kann doch sein.

Denk ich halt an Mel. Klaro. Eigentlich heißt sie Melanie. Auch eine von Mutters Macken. Sport und so. Ein Junge muss ein Hobby haben. Hab ich halt Kickboxen. Die meisten im Club waren auf anderen Schulen oder auf keiner. Und dann gabs da halt Mel. Wir haben immer zusammen die U-Bahn bis zum Alex genommen. Logisch. Ohne nasse Pfoten und Pumpe. Ja, kann schon sein, dass das bei ihr so war. Und dann, voll Klischee, Mann, war aber so, geschworen, Trainingslager. So Beschäftigungstherapie in der Pampa. Mel ist jetzt keine Hübsche, aber mega gebaut.

Das sagt man doch, wenn alles funzt und irgendwie heiß ist. Obwohl heiß gar nicht passt, wenn ich daran denke, dass ich Ida auch heiß finde. Und Ida ist mal so was von nicht Mel.

Wenn ich mir jetzt vorstelle, ich wäre mit Ida im Trainingslager. Alter. Klaro, ich denk oft daran, so generell. Ist doch normal. Aber jetzt. Das ist echt fett übertrieben. Mann, ich könnte ausrasten. Warum schreibt die denn nicht. Mit Mel kann ich nicht mehr texten. Sie war der Megastalker. Von wegen Was machst du heute. Was machst du morgen. Ständig an mir dran. Wegen n paarmal rumfummeln und okie, wir haben es auch getan. Aber nur einmal. Und ich glaube, dass sie nicht gecheckt hat, dass es das erste Mal war. Für mich. Sie hat immer genau gesagt, was sie will und auch wann und so. Da konnte man gar nichts fragen. Oder sagen. Ich meine Sachen, die man so denkt, dass man die dann sagt, wenns in die letzte Runde geht. Nichts davon. Deshalb war es ja nachher umso krasser. Ihr Stalken. Ich hab mich einfach nicht mehr gemeldet. Sie war zum Glück eh nicht so oft online. Ist nicht so, dass ich nicht gern noch mal mit ihr. Ich mein, klaro, das war schon ziemlich der Hammer. Aber das Gelaber. Als ob ich den Alten Hallo sage und dann ihr Kinderzimmer. Nein, Mann, voll der Abturner. Da wars schon gut, dass sie schnell auf Abstand ist. Den Club hab ich an den Nagel gehängt. Nicht nur wegen ihr. Hat mich eh angeödet. Klaro.

4

Mutter hat die Biege gemacht. Skatabend. Freakshow in Dieters Stampe. Seit ein paar Jahren geht das so. Einmal in der Woche. Und es gibt echt nichts Gechillteres, als die Bude für sich zu haben. So ist Life echt nice.
Hoch in die Küche. Es ist Bier da. Seit ich sechzehn bin, hat sie nichts dagegen. Solang ich es nicht übertreibe. Obwohl ich glaube, dass sie das eh nicht mitschneidet. Und plopp. Mann. Nicht das Bier, das auch. Ida. Online.

IDA Noch wach?

ICH Klaro.

IDA Bist du unterwegs?

ICH Nee. Hab sturmfrei. Wann kommst du denn wieder?

IDA Ich bleib die ganzen Ferien. Hab viel Zeit hier. ;-)

ICH Fänd es nice, dich mal wiederzusehen.

IDA Mach doch die Cam an. Dann ist das fast wie treffen.

ICH Okie. Du auch?

IDA Geht grad nicht.

Fuck. Jetzt kann ich ja schlecht nein. Und wieder nur Fürze im Hirn. Wie seh ich aus. Echt jetzt. Wie seh ich aus. Geht das so. Ich bin doch nicht meine Mutter, Mann. Cam an.

IDA Trinkst du?

ICH Logisch.

Macht die jetzt einen auf Erziehungspersonal, oder was.

IDA Ich bin gern klar im Kopf. ;-)

Das find ich jetzt schon ein bisschen verkorkst. Aufm Stuhü hat sie das doch auch nicht gestört.

ICH Soll ichs Mikro anmachen?
IDA Hier schlafen alle. Schön, dich zu sehen.
ICH Jepp.
IDA Tolles Shirt.
ICH Jepp.
IDA Was steht da drauf?
ICH Weiß nicht.
IDA Guck doch mal.
ICH Okie.
Guck ich halt.
ICH Kanns nicht lesen.
Loch buddeln und rein da, Mann. Echt jetzt. Wenn das so weiter geht. Mann.
ICH Sorry.
Das nächste Mal werde ich besser. Wenn es ein nächstes Mal gibt. So wird das eher eine Turboniete. Zieh ich mich hier einfach aus, oder was.
IDA Wofür? Sieht doch hot aus.
Mann, macht die mich fertig. Was soll denn das. Ich kann doch jetzt nicht. Ich bemüh mich, cool zu tun, grinse in die Kamera. So nach dem Motto, du gehst aber ran, Baby. Aber ich glaube, so kommt das nicht rüber. Ich mein, das T-Shirt ausziehen und grinsen.
ICH Okie.
Normalerweise läuft das doch anders. Weiß ich doch. Egal. Kopf zu. Und nicht blöde gucken.
IDA Machst du Sport?
ICH Zock halt.
IDA Glück im Spiel, Pech in der Liebe. ;-) Muss Schluss machen.
ICH Klaro.
Und dann find ich das alles doch ein bisschen daneben.

Pumpe hin oder her. Ich komm mir irgendwie verarscht vor. Offline. Mann. Sitz ich hier halbnackt rum.

Ich schnapp mir eine von Mutters Kippen. Nur, weil ich das Bild mag. Allein, die Pulle, in der Nacht, alles dunkel, nur denken und rauchen und trinken. Auf der Terrasse. Ich weiß nicht, ob sie klug ist oder ein Klugscheißer. Glück im Spiel. Zocken ist keine Glückssache. Das ist Training. Hartes Training und Talent. Turbo aber, wenn sie jetzt hier wäre.

5

Mutter. Ich hör die Waschmaschine. Katertag also. Da putzt und wäscht sie immer. Ich warte, bis Schleudern rum ist. Die Pumpe ist kaputt. Das Wasser läuft in einen Eimer und dann muss man es ins Spülbecken kippen. Voll der Terror. Da geht fast immer was schief, also Wasser daneben. Und Mutter kann echt mega fluchen.
Doch sie sieht über happy aus, als ich hoch komm.
»Der frühe Vogel fängt den Wurm.«
»Hm.«
Und sie hat gar keine Fahne. Und grinst voll. Schockstarre. Sie KANN meinen Account nicht gehackt haben. Das ist doch Quatsch.
»Porridge?«
Wie denn auch. Sie kann höchstens OpenOffice und GMX.
»Okie.«
Ich hasse dieses Ökozeugs, aber wenn sie mal Essbares auftischen will, sag ich lieber nicht Nein. Wie gesagt, nie anti. Porridge. Die Macke ist neu. In Kombi mit Isomatte und Bauch-Beine-Po-DVD.
»Wie hast du gezockt?«
Es ist immer schlau, die Fragen zu stellen, die man selber nicht hören will. Ich könnte einen Ratgeber schreiben. Mütter zähmen – leicht gemacht. Oder so.
»Paul, ich zocke nicht. Ich skate, klopfe oder spiele Karten. Toll war es. Bis ich los bin und Dieter ausgerastet ist. Der kann einfach nicht verlieren. Die Pappnase. Nur, weil ich mutig bin.«
Pappnase. Hab ich das von ihr. Voll daneben.

»Ich muss nachher noch weg. Was machst du heute?«
»Bin verabredet. Mit den Jungs.«
»Nicht zu wild, mein Großer.«
Sie glaubt das einfach. Die Jungs. Als ob. Ich mit Alex und Co, oder was. Sie meckert immer rum, dass ich Freunde brauche. Warum ich nie Leute treffe. Dass ich zu viel vor dem Rechner hänge. Ich zock halt. Bin der Beste. Fast. Und wenn sie nicht rummeckert, dann macht sie einen auf traurig. Von wegen Es tut mir so weh, dass ich eine schlechte Mutter bin und du ein unglücklicher Junge. Nächster Tipp: einfach nur behaupten. Sie schnallt echt nicht, dass es keine Jungs gibt. Sie findet das auch nicht strange, dass sie noch nie einen gesehen hat. Sie denkt, dass sie alles richtig macht in ihrer Welt. Läuft.
»Ich hab was gekauft. Ein Kleid. Wart mal. Ich ziehs kurz über.«
Ich kann das voll nicht ab, wenn sie mit mir einen auf beste Freundin macht. Ich find das nur peinlich. Sie tut mir dann immer leid. Aber hey, Hauptsache anti Konflikt. Das Ding schreit nach Theater-AG. Indianerin auf Städtetour. Ich sag ihr, dass sie toll aussieht. Sie bedankt sich und geht duschen. Sie ist so ballaballa. Vielleicht hat sie ja doch einen Macker. Das denk ich jetzt nicht weiter. Nope. Es gibt nichts Ekligeres, als das weiterzudenken. Da kommt selbst Haferschleim nicht ran.
Kein Plan, wohin mit mir, fläz mich auf die Terrasse und schnapp mir Mutters Buch. Ich bin nicht so für Lesen. Das ist nur auch so ein Bild, das ich mag. Im Garten mit nem Buch chillen. Ich kann aber nicht chillen. Lesen erst recht nicht. Was für ein Quatsch auch. Vielfalt der Tierwelt. Was soll denn das. Mutter spinnt. Ich kann gar nichts gerade. Noch nicht mal denken. Doch. An sie. Ida.

Mel. Ich denk die ganze Zeit an. Ida. Und an das, was sie von sich gibt. Und daran, wie ich mich zum Trottel gemacht habe. Kannst du dein T-Shirt ausziehen. Klaro. Wahrscheinlich hat sie einen Girlsabend gemacht, und ich war der Pausenclown. Kann doch sein. Pyjamaparty oder wie die das dann nennen. Machst du Sport. Wenn sie mich rangelassen hätte, okie. Aber so. Mir ist übel. Schlecht. Nicht gut schlecht. Schlecht schlecht. Mach ich eben Sport.
Auf die Plätze, fertig, los. Ein paar Runden um den Siedlungspickel. Dieser Hügel hinter unserem Haus.

Meine Pumpe. Bin ich am Arsch. Von wegen das hilft. Je mehr ich renne, umso mehr denk ich. Aber dann denk ich, muss halt fit sein. Wie sie geguckt hat. Als sie zur S-Bahn. Nicht so wie Franzi. Und Co. Von wegen Wer hat noch nicht, wer will noch mal. So süß halt.

Mutter ist weg. Ein Zettel: *Wird spät heute. Nudeln in der Mikrowelle. Wo ist eigentlich dein Fahrrad?!?*
Fuck. Steht noch am Stuhü. Ab unter die Dusche. Ohne schlechtes Gewissen. Mutter ist immer, nein, nur wenn sie einen ihrer schlechten Tage hat, und sie hat mehr schlechte als gute Tage, dann ist sie immer so das Wasser, die armen Kinder, die Umwelt, wir müssen sparen. Jetzt wird nicht gespart. Jetzt wird an Mel gedacht.

Tramfahren ist nichts, was ganz oben auf der Prioritätenliste steht. Außer nachts. Tagsüber ist das ein riesengroßer Abfuck. Latsch ich halt. Hab ja eh nichts zu tun. Außer drüber nachzudenken, ob und wie ich heute mit Ida weitertexte. Oder nicht. Wenn ich ehrlich bin, weiß ich, dass das nicht das Problem ist. Das Problem ist, ob sie weitertextet. Und mit oder ohne Cam. Ich kann sagen, dass ich es komisch finde, wenn ich sie nicht auch sehe. Sie und ihre Pyjamaparty. Sie sagt doch knallhart auch immer Sachen, die nicht unbedingt nett sind. Trinken macht blöd und zocken auch. Wenn man das mal zusammenfasst. Ja. Das ist doch ein Plan. Entweder macht sie die Cam an oder meine bleibt aus. Es ist schon irre, wie man so in Schleife. Ich denk den ganzen Weg nichts anderes. Cam an oder aus, in Schleife. Voll spooky.

6

Am Stuhü wummerts. Fuck. Marko. Hoffentlich macht der kein Stress.
»Paul! Du! Wie geil ist das denn?«
»Hey! Muss nur mein Bike holen.«
»Was hast du vor?«
Franzi ist da. Die Matratze spricht. Und das mit mir.
»Jetzt komm doch mal her.«
Marko klebt an Marie. Echt jetzt. Ich fass es nicht. Marko hängt da mit Franzis bester Freundin. Klaro. Ferien. Die Gewinner sind im Urlaub. Denk ich mal. So wirds sein. Faszinierend. Auch so ein Wort. Faszinierend.
»Bleibst du hier?«
Franzi meint mich. Logisch. Die anderen beiden fummeln peinlich rum.
»Jepp.«
»Muss zur Oma. Übermorgen. Voll bitter.«
»Ich mags bei meinen Großeltern. Die sind viel gechillter als meine Mutter.«
Hock ich mich halt hin, ich mein, warum nicht. Die drei sind ja an sich harmlos.
»Echt? Glaub ich nicht.«
Da stupst Franzi mich an. So nach dem Motto, verarschst du mich jetzt. Oder wie. Guck mich doch mal an. So. Schau mir doch mal in die Augen. Das mach ich. Erst jetzt seh ich, dass sie ganz schön dicht ist. Mich stört das nicht. Ich find es ehrlich gesagt ganz lit, die Matratze mal aus der Nähe abzuchecken. Es ist nicht so, dass sie mich wirklich interessiert, logisch, die Gewinnermatratze hat mich auch nicht zu interessieren. Anti Konflikt, Mann. Immer

schön ne ruhige Kugel schieben. Aber jetzt, so. Jetzt, wo sie sich für mich interessiert. Ich weiß, ist grad kein anderer da, trotzdem. Cool.
Sie legt ihren Kopf auf meinen Oberschenkel. Und schließt die Augen.
»Dann seh ich die Sterne.«
»Klaro.«
Die anderen beiden finden das voll normal, und ich denk nur, klaro, ist ja auch nichts. Ist nur chillen. In der Sonne. Bisschen was tanken. Abhängen halt.
Je länger ich Franzi abchecke, wird mir klar, was alle an der finden. Sie ist echt nice. So nice, dass man sie gerne anfassen würde. Aber das mach ich natürlich nicht.
»Hast du was zu rauchen?«
Sie macht mit ihrer Hand an meiner Brust rum. Ich will aufspringen, sagen, jepp, Kippen kann ich besorgen, doch sie ist schneller.
»Bleib. Ist nicht so dringend. Küss mich.«
Was. Ich checks nicht. Einfach so. Hier. Ich kann da gar nicht ja oder nein, sie kommt schon hoch und küsst mich. Okie, jetzt kann ich ja quasi nichts dafür. Also mach ich mit. Wir machen rum. Ich weiß nicht wie lange. Find es aber nicht mega. Klaro, sie geht schon ziemlich ran, und klaro macht das auch was mit mir, aber es ist jetzt nicht so ab in die Pumpe und nasse Pfoten. Ich find wieder mal das Bild geiler als die Situation an sich. Die Gewinnermatratze bettelt mich an, dass ich mit ihr rummache. Das macht mich mehr an als sie. Und dann der Moment, wo sie auf mir hockt. Auf dem Stuhü. Und da macht Marie alles kaputt.
»Lass das. Wir müssen. Franzi. Wir müssen jetzt. LOS.«
Franzi pariert. Nicht, dass ich mich ärger. Ich ärger mich

nicht. Ich bin erleichtert. Ja, ich bin echt erleichtert, dass Franzi nicht den ganzen Abend Zeit hat und ausnutzt, dass das Mädchen, auf das ich steh, nicht da ist. Ausnutzt. Das Mädchen. Auf das ich. Bam. Die Pfoten. Die Pumpe. Franzi packt grad ihre Sachen und ich denk an Ida.

»Lass morgen noch mal chillen. Oder hast du ein Date mit Ida?«

Franzi. Peng. Was. Woher. Will die das wissen. Die will es wirklich wissen, Mann.

»Quatsch.«

Ist schon ein irres Gefühl, eine auf der Ersatzbank zu haben. Ich komm mir vor wie ein Gewinner. Aber anders als die Stufen-Gewinner. Besser. Sieger halt. Wie nach nem Kampf.

Mutter ist nicht da. Nice. Duschen. Ich mein, ewig rummachen ohne, ich mein, das ist doch voll normal, oder. Obwohl ich zugeben muss, dass ich manchmal Angst habe, dass das nicht normal ist. So oft wie ich will. Gibt ja auch so was wie Sexsucht. Echt jetzt. Kam mal in den Nachrichten. Auf GMX. Aber wenn man süchtig ist, so abhängig, müsste man ja durchdrehen, wenn man nicht, denk ich mal, und ich dreh ja nicht durch, ab, wenn ich nicht.

Franzi hat geschrieben. Sie fand es voll schön und freut sich auf morgen. Egal. Ida. Hauptsache nicht verquatschen. Und wenn sie will, dass ich die Cam, dann sie auch. Logisch. Oder ich sag, dass das nicht geht. Mit dem Ausziehen. Falls meine Mutter. Spät werden heißt bei ihr, heimkommen, wenn es hell wird, aber man weiß ja nie, nachher hat sie eine Supertour und macht früher Schluss.

Oder fährt gar nicht. Gedankenschleife bis. Plopp. Ida hat die Cam an. Okie. Voll der Museumsschinken hinter ihr. An der Wand.

IDA Mach mal an, ich will dich auch sehen. :-)

Daran hab ich überhaupt nicht gedacht, dass sie einfach. Der Goldrahmen ist über XL. Mann, sieht die scharf aus. Sie hat was an und drunter, was, vielleicht sieht das auch nur so aus, nichts.

ICH Klaro.

Ich mach die Cam an, Mikro ist aus. Ich frag auch nicht. Schnauf ganz schön grad. Vor Aufregung.

IDA Was machst du?

Bin ich froh, dass es ziemlich dunkel ist. Bei mir im Zimmer. Falls ich rot werden würde. Ist ja schon eine Extremsituation und Erröten bedeutet Panik, weil Fluchttier und so. Sagt Google.

ICH Gechillt. War nur joggen und hab abgehangen. Am Stuhü.

IDA Hab auch lange in der Sonne gelegen. Und war schwimmen.

ICH Wo bist du eigentlich?

IDA Sizilien. Meine Großeltern leben hier. Das ist der erste Sommer ohne meinen Bruder. Und der erste Sommer, in dem ich lieber woanders wäre. ;-)

Ich google schnell Sizilien. Zur Sicherheit. Ich weiß schon. Erdkunde. Aber mein Hirn. Dem trau ich nicht. Gerade.

ICH Cool. So direkt am Meer?

IDA Was tippst du nebenbei?

ICH Muss nur den Jungs kurz sagen, dass ich raus bin.

IDA Wer sind denn die Jungs?

Nicht so einfach wie bei Mutter. Fuck.

ICH Kennst du nicht. Vom Kickboxen.

IDA Kickboxen? Du? Ach so. Deshalb.

Weshalb. Was. Jetzt. Nein. Sie KANN Mel nicht kennen. Oder sie meint mich.

ICH Logisch.

IDA Kannst mir ja mal was zeigen.

Wieder die Pumpe. Ich hoffe, sie checkt nicht, wie sehr ich mir Hoffnungen mache. Und wie sehr es grad rattert. Wenn ich ehrlich bin, hab ich mich damals ganz schön angestellt. Aber. Wir werden uns treffen. Das ist die Hauptsache. Peng. Noch ist nichts verkackt.

ICH Klaro.

IDA Chattest du viel mit den Jungs?

ICH Nee.

IDA Und sonst?

ICH Wie?

IDA Wär halt gern was Besonderes.

ICH Für mich bist du was Besonderes.

Manchmal tipp ich echt schneller, als ich denken kann.

IDA Hör was. Muss Schluss machen.

ICH Okie.

IDA Klaro. ;-)

Und dann ist sie offline. Stell ich mir halt vor, wie es wäre, bei ihr zu sein. Okie. Oder wie es wäre, wenn sie jetzt hier. Plopp. Online. Gerade, als ich.

IDA War doch nichts. Was machst du?

ICH An dich denken.

Scheiß drauf. Ich bin so scharf gerade, dass ich nicht mehr denken kann.

IDA Wie?

ICH Mann, du weißt schon.

IDA Mach doch mal.

Ich check es nicht. Was meint die. Soll ich jetzt.

ICH Magst du dein Shirt ausziehen?
IDA ?
ICH Ich dachte, du magst das.
IDA ?
ICH Komm schon. Oder hast du Angst?
IDA Angst? Weißt du, was Angst ist? Flüchtlinge? Mittelmeer? CO_2? Tsunami?

Offline. Echt jetzt. Was hat die denn. Aber irgendwie ist das auch schon wieder süß, wie sie so auf Gutmensch macht. Nicht nur so Zieh dich aus, mach dich mal nackig. Nein. Mann, sie ist halt der Hammer. Ja. So was von. Und dann. Die zweitschnellste Nummer ever.

7

Mutter. Sie klopft. Sie klopft nie. Zumindest hat sie lange nicht mehr geklopft. Gott, sieht die scheiße aus.
»Morgen, Großer. Ich muss zur Ulrike.«
»Okie.«
»Kann sein, dass ich erst morgen wiederkomme.«
»Okie. Alles in Ordnung?«
Ich mach mir echt Sorgen. Nein, Sorgen ist übertrieben, ich mach mir keine Sorgen um meine Mutter, aber sie sieht irgendwie fertig aus. Nicht so kater-fertig. Eher es-ist-was-Schlimmes-passiert-fertig.
»Sicher. Nur das mit Ulrike ist nicht so einfach, aber auch nicht wirklich schlimm. Frauenkram. Weißt du. Ich erzähls dir ein andermal.«
Ein andermal. Das kenn ich noch von früher. Als ich so war. Aber mittlerweile bin ich ja wohl kein Kind mehr. Und dass Ulrike so was ist wie meine Jungs, hab ich auch schon längst geschnallt. Ein andermal. Als ob ich Bock hab, mit Mutter über Frauenkram zu labern. Nope. Kopfkinostopp.

Mega nice. So richtig sturmfrei wär schon fett. So definitiv über Nacht weg. Das wär mal so ein Abend, wo man steilgehen könnte. Ich denk an Ida online. Und an Franzi offline. Aber sobald ich an Ida online denke, kann ich mir Franzi offline gar nicht vorstellen und fühl mich voll mies. Wenn ich aber andersrum anfange und mir Franzi offline vorstelle, vollkommen real, hier auf dem Sofa, dann ist Ida ganz weit weg. Irgendwie.
Online oder offline, Sofa ist fett. Ich häng selten hier ab.

Das ist eigentlich Mutters Reich, außerdem sieht man die Haustür von hier aus und das macht mich dann immer ballaballa. Nicht, dass ich komischen Kram mache. Auf dem Sofa. Aber ich hasse das, wenn sie einfach reinkommen kann. Jede Sekunde. Keine Ahnung, warum. Vielleicht ist das ein Trauma. Einzelkind. Oder so. Ich muss mal mit Ida drüber texten. Bestimmt hängt die den ganzen Tag am Strand. Plopp. Fuck. Franzi.

SIE Was geht ab?

ICH Wollt grad Pizza bestellen.

SIE Cool. Ich komm rum.

ICH Klaro.

SIE Hälfte Thunfisch-Spinat, andere Hälfte Schinken-Artischocken. Bisschen scharf. Wichtig! Nur bisschen. Wenn du Knoblauch nimmst, ich auch, aber nur, wenn der flüssig ist und nicht in Stücken, dann nicht.

Warum. Ich hab echt kein Plan. Weil Ida weit weg hockt. Und ich überhaupt nicht weiß, wohin das läuft. UND ich sturmfrei hab. UND ich weiß, dass Franzi morgen die Biege macht. Es gibt also wirklich NICHTS, was dagegen spricht, mit Franzi ne Pizza halb Fisch halb Dings zu snacken.

»Cooles Haus. Hast du ne Fluppe?«
»Klaro. Müssen aber raus.«
Mutter hat immer Stangen auf Vorrat. Lässt sie sich aus Polen mitbringen.
»Wohnt ihr hier schon immer?«
»Klaro.«
Cooles Haus. Ich weiß nicht. Bude halt. Die Neuenkirchners grillen. Und glotzen. Das stört mich voll. Wie der

da mit seiner Sauerstoffflasche. Was soll denn die Franzi denken. Dass wir hier betreutes Wohnen haben. Oder was.

»Lass reingehen. Die nerven.«

Wenn ich die Nacht lüfte, passt das schon für Mutter.

»Was hast du vor, dass du nicht beobachtet werden möchtest?«

Ganz plötzlich, zack, von einer Sekunde auf die andere, ist sie wieder wie aufm Stuhü. Macht so auf porno. Irgendwie. Aber ich bleib cool.

»Ich kann die nur nicht ab. Das ist alles. Nimm den Aschenbecher mit. Kannst drinnen rauchen.«

Und sie. Bleibt da und, was, zieht sich aus. Auf der Terrasse. Ich glaub es nicht. Voll der Billofilm. Wenn das die Neuenkirchners. Zum Glück hat sie einen Bikini drunter. Ich denk nur, ist ja voll normal, okie, wenn wir einen Pool hätten. Vielleicht. Aber auch ohne. Man kann ja mal Bikini. Im Garten. Im Sommer. Aber WIE sie es macht. Sie rekelt sich so billo. Und dann diese Kippe. Gleich sagt die Neuenkirchner bestimmt, dass der Alte nicht so glotzen soll. Und dann. Ich mein, es tanzen ja nicht ständig halb nackte Girls hier rum.

»Komm rein.«

»Warum?«

Was brüllt die so.

»Geht die Spießer nichts an, wer hier ist.«

»Was?«

Mann, das kann man wirklich leiser.

»Weil. Weiß nicht. Komm doch mal. Jetzt.«

Endlich. Sie kommt rein. In Zeitlupe. Aber sie kommt rein.

»Willst mich küssen?«

Jetzt flüstert sie. Und tatscht wieder an meiner Brust rum. Sie geht ganz schön ran, und ich denk nur, scheiß drauf. Das denk ich.

Der Pizzamann klingelt. Ich streif mir die Shorts über. Ist ein geiles Gefühl. So ich kann die Tür leider nicht ganz aufmachen. Da liegt ein nacktes Girl auf dem Sofa. Sorry.
Wir snacken. Franzi hat keine Patte für die Pizza rausgerückt. Und sich mein T-Shirt übergezogen. Das stört mich. Sag aber nichts.
»Säuft deine Alte?«
»Nein. Aber vielleicht ist im Kühlschrank noch ein Sekt. Ich schau mal.«
Ich geh so langsam wie möglich. Logisch. Es war schon nice. Nur jetzt. Jetzt wär ich gern allein. Liebe ist nur Mädchenkram, auch wenn mir schon klar ist, dass man auf manche einfach richtig steht. Und bam. Die Pumpe. Die Pfoten. Ida. Wenn ich ehrlich bin, hab ich mir sogar währenddessen vorgestellt, wie es wäre, wenn ich mit ihr. Jetzt. Wahrscheinlich fühl ich mich deshalb so. So komisch. Wenn ich jetzt sage, dass ich nichts zu trinken habe, geht sie. Vielleicht. Oder sie geht nur was holen. Ich könnte Mutters ganzen Alkvorrat aus der Garage anschleppen und sie so schnell wie möglich mega dicht machen. Okie. Dann könnte es aber sein, dass sie gar nicht mehr in der Lage ist zu gehen und hier bis morgen früh rumhängt. Suboptimal. Suboptimal ist auch so ein Wort. Cool bleiben. Anti Konflikt. Ein Sekt. Und sie ist weg.
»Marie fragt, was wir machen.«
Alarmstufe Rot. Marie fragt, was WIR machen. Scheiße, Mann. Franzi würde wahrscheinlich auch bleiben, wenn

Mutter da wäre. Hier. Jetzt. Abkühlen, Mann. Es sind Ferien. Das wird sich legen. Morgen fährt sie.
»Sie kommen mal rum.«
Panik.
»Meine Mutter kommt voll früh wieder. Ich kann jetzt echt keine Aktion reißen. Hier. Jetzt.«
Ich Fuchs.
»Mach dich locker. Wir chillen nur.«
Ich bin zu gut erzogen, um sie einfach rauszuwerfen. Ich mein, wir haben eben. Da kann ich schlecht sagen, Ciao Baby, ich melde mich.
Danke, Mutter.

Marko. Und Marie. Hier. Jetzt. Auf Mutters Sofa. Abgefahren. Wenn ich aus der Nummer schon nicht rauskomme, mach ichs mir halt nett. Mein T-Shirt riecht nach Franzi. Egal. Trink ich halt. Marko hat Tequila dabei. Am Anfang machen wir das mit Salz und Zitrone. Mutter kann nicht ohne Zitronen, Zitronen müssen immer da sein. Irgendwann trinken wir den einfach so. Aus Mutters Sektgläsern. Das letzte Mal, dass ich mich so richtig abgeschossen habe, war im Trainingslager. Ich musste die ganze Busfahrt reihern. Da war ich nicht der Einzige. Ganz schönes Chaos war das damals.
Telefon. Klingelt.
Das kann nur Oma sein. Oder Opa. Oder Mutter. Niemand sonst ruft auf Festnetz an.
»Alles gut, Großer?«
Mutter. Logisch.
»Klaro.«
Wie ich das hasse. Großer. Aber ich halt die Klappe. Hört ja zum Glück keiner.

»Hast du Besuch?«
Fuck.
»Die Jungs.«
»Schön. Also gehts dir gut, ja?«
»Klaro.«
Ich versuch, so wenig wie möglich zu lallen. Hab schon ganz schön einen im Tee.
»Ich bleib über Nacht. Bei Ulrike. Pass auf dich auf, Großer.«
»Klaro.«
Das klang nach Krankenhaus. Keine Ahnung, warum. Ich kann nur Krankenhaus denken. Plötzlich. Aber nicht lange, Franzi ist schon wieder an mir dran. Marie dreht eine Tüte, Marko sucht nach Essbarem.

Wenn ich ehrlich bin, find ich den Abend mega. Nicht mega so wie unersetzbar, phänomenal oder so. Mega im Sinne von hätte ich nicht gedacht. Dass mir das gar nicht auf den Sack geht mit denen. Und ich hab STURMFREI.
Es klingelt. Diesmal an der Tür. Alex und Co. Echt jetzt. Franzi. Die Bitch.
»Kann losgehen!«
»Hey.«
Was soll ich auch sagen. Franzi, Mann.
»Hey! Der Loser sagt, Mutti säuft nicht, aber die bunkert Vorrat in der Garage.«
Franzi ist so eine. Nicht nur, dass sie mich Loser nennt, sie patscht da mit ihren Händen an Alex' Brust. Einfach so. Als wär das voll normal. Wie das weitergeht, weiß ich ja. Ich versuch einfach, sie loszuwerden.
»Hey. Losers Alte hat grad angerufen. Sie kommt früher heim. Wir müssen die Party verschieben.«

Das hilft nicht.
»Hosenschisser. Deine Alte wird sich freuen. Reife Frauen stehen auf mich.«
Franzi haut ihm keine runter. Oder so. Sie macht nur weiter an ihm rum.
»Knackige Girls aber auch.«
Alex ist der Boss, ich niemand. Marie. Mit Marko verschwunden. Bitte nicht in Mutters Bett. Und BITTE nicht in meins. Dann klingelt es wieder. An der Tür. Ein paar Girls. Ich kenne sie nicht, sie interessieren mich nicht. Ich will einfach nur weg. Kann diese Gurken aber nicht alleine in der Bude lassen. Also bleibe ich. Und trinke. Ich bleibe. Und trinke. Ich schau nach, wo Marko und Marie sind. In der Garage. Okie. Ich will eigentlich sofort wieder gehen, aber ich kann nicht. Weggucken. Wie bei nem Autounfall. Marie sieht mich. Rastet voll aus.
»Assi! Arschloch! Gehts noch? Verpiss dich!«
Ich wehr mich nicht. Ich versuch es erst gar nicht. So mit meiner Garage. Und so.
Mir ist kotzübel. Ich verzieh mich in mein Zimmer. Ich bin fähig, Entscheidungen zu treffen. Ziemlich kluge Entscheidungen. Ich tue so, als wär ich nicht da. Plopp. Scheiße. Nicht in dem Zustand. Ich hätte die Pfoten vom Rechner lassen sollen.
IDA Hey! Da bist du ja!
ICH Sorry! Hab grad Besuch! Paar Kumpels! Morgen?
Was will die eigentlich. Ich kann nur noch in Zeitlupe tippen.
IDA Okay.
Schnell zu das Ding. Hoffentlich hat sie nichts gemerkt. Franzi. Steht da. In meinem Zimmer.

»Alex ist Nachschub holen. Voll sorry. Wirklich. Küss mich mal.«
Klaro. Kann ich. Trösten ist erlaubt. Bin voll am Schwanken. Ist egal. Ihr sowieso. Sie will gar nicht mehr rummachen, Ida. Sie will echt nur so in den Arm genommen werden. Sie tut mir leid. Voll der Kitsch, Mann. Ist das Kitsch. Ich bin zu dicht, um jetzt so mit Buchstaben. Komisch. Irgendwie. Nicht wegen Franzi oder Alex. Mann, ich bin so ein Mädchen. Traurig. Irgendwie wirklich wegen mir. An Ida will ich jetzt nicht denken. Wenn ich an sie denke, wird mir ganz schlecht. Ich darf nicht an sie denken, jetzt. Ich umarme Franzi fester. Trost. Was für ein Ding. Ich glaube, wir trösten uns gegenseitig. Irgendwie. Nein. Das ist das Wort. Irgendwie. IRGENDWIE ist das Wort dieses verkackten Abends. Und dann denk ich irgendwie. Irgendwie ist das auch gar nicht so verkackt. Nur Ida darf ich das nicht texten. Obwohl Ida bestimmt die Einzige auf dem ganzen Planeten ist, die das verstehen würde jetzt. Irgendwie.

8

Mein Schädel brummt mega. Mittag. Oder so. Wie lang liege ich wach. Vielleicht bin ich auch gar nicht wach. Ich liege. Und kann mich nicht bewegen. Ich liege. Und hab so einen scheiß Durst.
Hoch. Fuck. Die Tür ist auf. Die vom Haus. Küche. Schock. Ich hab schon geahnt, dass das schwierig aussehen wird. Aber so schwierig. Wenn ich ein Mädchen wär, würd ich jetzt einfach heulen. Vor allem hab ich keinen blassen Schimmer, was gestern passiert ist. Ich weiß nur, wie Franzi geklopft hat und mir wieder voll um den Hals gefallen ist. Und dann weiß ich nichts mehr. Nicht den blassesten Schimmer. Schwarz. Mega gruselig. Je mehr ich mich anstrenge, mich zu erinnern, umso schlechter wird mir. Übelschlecht.
Auf dem Sofa liegt Marko. Mit Marie. Auch das noch. Marko schnarcht. Widerlich. Wie ein alter Sack. Marie sabbert seinen Arm voll. Voll ekelig. Kein Plan, was ich machen soll. Kaffee. Der Boden klebt. Richtig übel. Nicht hoppala, da ging ein Schluck daneben. Nein, übelst. Und dann die ganzen Flaschen.
Kaffee trink ich noch gar nicht so lange. Eigentlich hab ich nur damit angefangen, weil das eines dieser Bilder ist, die ich mag. Jetzt trink ich den immer öfter. Irgendwie. Irgendwas macht dieses Wort mit mir. Irgendwie. Franzi. Zimmer. Irgendwie. Nicht so, wie die Wörter, auf die ich steh, nein, so wie Bauchschmerzen. Irgendwie. Schon wieder. Jetzt merk ich es. Es stinkt wie Hölle. Ich reiß alle Fenster auf. Welcher Spacko hat die denn zugemacht. Mann. Marie wird wach.

»Schon vorbei? Ah. Bin eingepennt. Sorry. Muss los. Gib mir dein Bike.«
»Nee. Steht noch irgendwo.«
Ich werde immer besser. Außerdem ist das nicht wirklich Lügen. Das ist eine Notlüge.
»Verflixt. Ja. Dann. Wieso hat mich denn keiner geweckt?«
Sie guckt mich so an. So komisch. So wie brutal schlechtes Gewissen. Nein. Irgendwie. Wie peinlich berührt. Peinlich berührt. Auch so ein Wort.
Und dann. Zack. Die Garage, Marko und sie. Hab ich da etwa. Mitgemacht. Ich hab kein Plan mehr. Wie ich da wieder ins Haus bin. Ich weiß nur, dass ich in die Garage kam, als die beiden gerade voll am Fummeln waren. Fuck.
»Jepp. Man sieht sich.«
Was soll ich auch sagen. Kann ja schlecht. Fuck. Bierschiss. Sorry, aber das kann man nicht netter. Und nett ist die kleine Schwester von. Wow.

Ich hab eine Party geschmissen. So ne richtige Party. Das ist keines dieser Bilder, die ich auf dem Schirm hatte. Gefällt mir aber. Nicht Marko, Mann. Das Bild.
»Alter, aufwachen.«
»Hast du noch alle Kekse in der Dose?«
»Party ist vorbei, Mann. Ich muss Klarschiff machen.«
»Eieiei.«
Marko zieht sich sein T-Shirt über, die Shorts hat er an. Gott sei Dank. Keine Flecken auf dem Sofa. Wie gesagt, Mutter kann mega fluchen. Marko sammelt die Flaschen ein. Warum nicht. Wenn er meint. Mein Kopf. Ich hau mich aufs Sofa.
»Was für ein Abend. Alter. Das war echt ne Hammernummer.«

Ich frag nicht, was er damit meint. Ich nick nur. Nachher denkt er noch, wir sind jetzt so was wie Freunde.
Marko ist galaktisch gut drauf. So ganz anders als auf dem Stuhü. Das liegt bestimmt an Marie. Oder generell an der Sache, dass er eine abgekriegt hat. Er ist jetzt nicht so der Typ, dem sich die Girls an den Hals schmeißen.
»Wo hast du n Lappen?«
Jetzt übertreibt er voll, aber ich sag mal nichts. Soll er doch.
»Weiß nicht, vielleicht unter der Spüle.«
»Lässt dir wohl nichts aufdrücken?«
»Nee. Meine Mutter macht das schon ganz gut.«
Das sag ich nicht anti. Also anti Marko. Auch nicht witzig. Aber Marko lacht. Ich dann auch. Ein bisschen.
Und dann fängt er echt an, den Boden zu wischen.
»Lass mal. Mach ich später. Wenn mein Hirn nicht mehr so bumst.«
»So? Bums Bums Bums?«
Marko hört nicht auf zu bumsen und zu wischen.
»Bums Pst Bums Pst Bums Pst.«
Also Bums zu machen. EGAL.
»Alter. Lass mal.«
»Passt schon. Mir macht das nichts. Hast du keine Kopfschmerztabletten?«
»Kopfschmerzwas?«
»Tabletten, Digger.«
»Was ist das?«
»Verarschst du mich?«
»Klaro.«
Marko wirft den Lappen nach mir. Trifft nicht. Ich hieve mich in Zeitlupe die Treppen hoch. Tabletten. Logisch. Ich sag nicht, dass ich das noch nie. Mann. Ich hatte auch

noch nie so einen dicken Kopf. Bums Bums Bums. Ich check Mutters Kram im Badezimmer. Bums. Sie ist echt gut organisiert.

Der Boden sieht sauberer aus als vorher. Mutter wird sich freuen. Mein Hirn puckert auch nicht mehr so. Ich überlass Marko noch die Spülmaschine. Sieht aus, als würde es ihm Bock machen. Weird.
»Kann ich an den Kühlschrank?«
»Klaro.«
»Hast du Kohldampf?«
Ich sag schon wieder nicht Nein. Weiß nicht, warum. Ich überleg die ganze Zeit, ob ich ihn fragen soll, ob gestern was passiert ist. Aber ich bin ja nicht so für labern. Und dann auch noch mit Marko. Andererseits ist er grad echt korrekt. Mit dem Aufräumen und so. Und jetzt, was. Topf. Deckel. Fängt der wirklich an zu kochen. Okie.

Nudeln. Ketchup. Marko hockt sich aufs Sofa. Will schon sagen, dass er aufpassen soll. Dass da nichts drauf. Aber ich halt die Klappe.
»Weißt du, was du mal machen willst?«
Wie. Machen. Marko ist komisch.
»Kein Plan. Du?«
»Hauptsache raus. Notfalls auch Army.«
Marko mit ner Knarre im Schlamm. Nein, Mann.
»Cool.«
»Und du. Echt keine Idee?«
»Nee. Weiß nicht. Nee.«
»Ich zieh auch die nächsten Ferien im Lager durch und dann bin ich weg.«
»Lager?«

»Idiotenarbeit. Stapeln. Und so. Kommt einiges zusammen.«
»Krass.«
Arbeiten. Jetzt schon. Irre.
»Habt ihr Netflix?«
»Klaro.«
Wir snacken und netflixen. Dachte immer, das ist nur was, was man alleine machen kann. Aber mit Marko ist es ganz chillig. Er nervt und kleckert nicht.
Nach drei Folgen muss er los. Ohne Drama. Nice.
»Man sieht sich, Digger. Danke, ne.«
»Klaro.«
Vielleicht ist Freunde haben doch nicht so eine schlechte Sache. Nicht, dass Marko und ich jetzt Freunde sind. Ich mein ja nur, so theoretisch. Und die Bude. Blitzeblank.

9

Zock ich halt. Und mach mir keine Platte. Ich hab Ida voll okie getextet. Gestern. Mutter bleibt bis morgen bei Ulrike. Franzi ist ab. Wohin. Egal. Also ist quasi gar nichts passiert. Also nichts, weswegen ich jetzt Paras schieben müsste. Also ich mein, die Nummer auf dem Sofa, das war schon fett, und wo es jetzt schon mal passiert ist, kann ich auch kurz dran denken. Warum nicht. Plopp. Ida hat die Cam an.

IDA Willst du, dass ich mein Shirt ausziehe?

ICH War blöd von mir. Sorry.

IDA Nein. Willst du?

ICH Klaro.

IDA Du?

ICH Wie?

Ich mach die Cam an.

IDA Du auch.

Ach so. Logisch.

Gerade noch mal gut gegangen. Voll die Panik am Start. Dass ich da nicht dran gedacht habe. Wenn sie jetzt fragt, wer da war. Wer denn diese Kumpels. Ich weiß ja gar nicht, mit wem sie sonst. Kann doch sein, Mann. Dass Ida auch mit Franzi. Oder so. Textet.

IDA Was hast du denn?

ICH Nichts. Dachte nur. Real Life wär fett. Also du. Hier. Mein ich.

Sie grinst, und, was, Alter, sie zieht ihr Dings da, das Top, aus. Sie hat EN IH IKS nix drunter. Wow. Das ist schärfer, als alles, was jemals. Stopp. Und wirklich voll der Klimbim hinter ihr. Ich denk nur Silber und Leuchter und Mittelalter.

IDA Jetzt sind wir quitt. ;-)
Ich weiß nicht, was ich da. Ich nicke nur dämlich. Und schau hin. Starre sie, ihre, an.
IDA Muss Schluss machen.
Sie steht auf, hat nur so was da an, und weg ist sie. Waren das da. Ist die nicht rasiert. Oder was.

10

IDA Heute bin ich ganz früh aufgewacht und war im Wasser, als gerade die Sonne aufging. Das war so atemberaubend schön. Schade, dass du so weit weg bist. Du hast recht. Real Life mit dir wär toll. Just you and me. :-*

Fuck. Sie ist nicht mehr online. Heißt das, meint sie, sie weiß. Fuck fuck fuck. Dass sie immer so krypto drauf ist. Kann die nicht einfach mal. Klartext. Mich macht das. Weiß nicht. Aggro. Okie, runterfahren. Vielleicht ist alles cool. Sie hat nicht gesagt, dass ich mich nie wieder melden soll. Oder so. Gegenteil eher. Funzt. Ich weiß, voll der Kitsch. Aber das ist halt deep mit uns. Wer da jetzt lacht, hat einfach kein Plan. Voll. Der hat noch nie mit einer Megabraut getextet. Die ihre Uschis zeigt. Vor allem meint sie ja wirklich immer was. Mit ihrem Getexte. Nicht so hashtaggeileparty. Oder so. Aber was genau. Ich kapiers nicht. Ich könnte sagen, dass ich voll voll war. Und Franzi das dann ausgenutzt hat. Und Marie. Und Marko. Bisschen kompliziert. Aber so. Okie. Ich glaub, ich hab gar keine Wahl.

ICH Nur du und ich klingt nice. Und wegen der Party: Franzi und Co haben mich voll überfallen.

Enter. Scheiß drauf.

ICH Und du bist MEGA.

Noch mal Enter.

Sie ist die nächsten Stunden keine Sekunde online. Ich fahr wieder nur Kopfkarussell. Weicheinummer, Abfuck, Pyjamaparty, Pausenclown, Vollblamage.

Telefon. Mutter.

»Alles gut, Großer?«

Sie klingt voll erkältet.

»Klaro.«

»Ulrike geht es immer noch nicht gut. Ist es okay, wenn ich noch zwei Tage bleibe? Ich kann sie in diesem Zustand nicht allein lassen. Das bring ich nicht übers Herz.«

»Klaro. Gehts dir gut?«

»Ja. Ich meld mich, Großer. Liebe Grüße. Auch von Ulrike.«

So planlos war ich noch nie. Nicht wirklich Langeweile. Mann, ich hab nie Langeweile. Ich kann mich nur so gar nicht konzentrieren. Zocken geht auch nicht. Ich hock nur da und check die ganze Zeit, ob Ida online ist. Voll der Stalker. Und dann wieder nur Muffensausen, dass sie textet. Dass ich es vergeigt habe. Mit Franzi. Und so.

Ich dreh durch mit diesem Hirnabfuck in Dauerschleife.

Plopp. Marko.

ICH Was geht?

ER Bei dir?

ICH Meine Mutter kommt erst übermorgen. Mach n Ruhigen, denk ich.

ER Soll ich rumkommen? N paar Bier zischen? Kann was zu rauchen mitbringen.

ICH Klaro.

Ich tippe wieder schneller, als meine Synapsen schalten. Zu spät. Und Mann, warum auch nicht.

Marko hat n Sixpack dabei. Und könnte mal wieder eine Mütze Schlaf vertragen.

»Cool. Kommt sonst noch wer?«

»Nee, kein Bock auf Party heute. Muss ja nicht jeden Tag.«
Jetzt nickt er so, wie ich sonst einfach nur nicke, und ich frage mich das erste Mal, wie er mich wohl findet. Also ob ich nicht nur der Notnagel hier bin. Aber, wie gesagt, wir müssen ja nicht gleich Freunde werden.
»Was geht mit Marie?«
»Die ist ab nach Frankreich.«
»Ach so.«
»Was geht mit dir und Franzi?«
»Was soll denn gehen. Wir sind nur Kumpels. Alles roger.«
»Ach, du hast es mitgeschnitten?«
»Was?«
»Dass sie noch mit Alex rummacht.«
»Was?«
»Nach dir.«
»Geht mich doch nichts an, mit wem die Franzi.«
»Ist schon okay.«
Was grinst der denn so. Wir stoßen an, wie man sich das vorstellt. Zwei Opis auf dem Sofa. Netflix.
»Du, von mir aus müssen wir heut nichts rauchen.«
Egal, dass ich gerade wie ein Weichei wirke, aber, Mann, das ist immer noch Marko. Der Verlierer-Marko.
»Supidupi.«
Sag ich doch.
»Kannst es nicht ab?«
»Ich fahr immer Filme. Vom Schnaps auch. Bier find ich super. Aber alles andere. Entweder ich reiher. Oder ich kann mich an gar nichts mehr erinnern. Oder beides.«
Voll peinlich, stimmt aber.
»Zuschütten ist auch mehr meins.«
Wir verstehen uns. Find ich. Es funzt. Vielleicht hab ich schon wieder einen sitzen. Ist ja nicht so, dass ich oft. Ich

merk das nur schon nach zwei Bier. Aber das sag ich jetzt nicht. Plopp. Mein Rechner. Bin ich online. Ida. Fuck.
»Sorry, muss da kurz texten.«
»Okidoki. Kann ich an den Kühlschrank?«
»Klaro.«
IDA Was war denn auf der Party?
ICH Marko ist da.
IDA Der Hirnsperren-Marko? :'-D
ICH Er ist ein Vollspast. Ich weiß. Aber eigentlich ist er ganz korrekt.
IDA Aber keine Party heute?
ICH Geschworen. Soll ich die Cam anmachen?
IDA Wenn du willst, dass er mich so sieht.
Heißt das. Meint die. Sitz die da. Ohne. Oder was.
IDA Ich wusste gar nicht, dass ihr Freunde seid.
Marko kommt mit Würstchen zurück. Das Einzelkind in mir kommt hoch. Hoffentlich futtert der nicht alle auf.
»Wer textet denn?«
Er schmatzt das nur. Beiläufig. Nicht so Sag doch mal, zeig doch mal.
»Kennst du nicht.«
ICH Können uns treffen, wenn ich wieder allein bin. Stresst mich hier.
IDA Mit Cam.
ICH Logisch.
Die geht aber ran. Mund zu.
»Franzi?«
Marko mampft immer noch und grinst.
»Nee. Wieso?«
»Weil du voll durch den Wind bist, Mann. Das sieht nach Brautbaustelle aus. Prost, Digger. Auf die Girls.«
»Was hältst du von Ida?«

»Wie geil ist das denn!«
»Aber das bleibt unter uns.«
»Sicher, Digger.«
»Kein Wort zu Marie. Oder Franzi.«
»Alter.«
Noch mal Prost und dann sprudelt es nur so. Also aus mir. Aus mir heraus. Mega Uschis. Voll was in der Rübe. Die Braut haut mich voll um. Kann da nichts machen.
»Jackpot. Passt doch dann. Mit der Franzi. Und dem Alex.«
Klaro. Aber Marko sagt das nicht anti. Nein, er sagt das eher so kumpelhaft.
Wir machen eine von Mutters Flaschen auf. Fuck. Ich muss unbedingt Nachschub organisieren, so weit wird Mutters Freude über die Jungs nicht reichen.
»Marie ist meine Erste.«
»Echt?«
Marko nickt nur.
»Macht doch nichts.«
Voll der Loser. Und dann auch schon korrekt. Dass er mir das einfach so steckt. Wir hocken da, trinken und chillen, netflixen. Kurz.
»Ich mach mal die Biege.«
»Okie.«
»Viel Spaß, Digger.«
Klingt wirklich voll nach Kumpel. Irre.
Ida ist online. Nice.

ICH Marko ist grad weg. Er findets mega mit uns.

IDA :-)

ICH Keine Panik, ich habe ihm nicht gesteckt, was wir online machen.

IDA Was machen wir denn?

ICH Mann, du weißt schon.
Ich mach die Cam an. Will mein T-Shirt ausziehen. Lass es. Hoffentlich merkt sie nicht, dass ich schon wieder getankt habe. Nicht viel, aber so anti, wie sie ist. Okie, sie ist nicht meine Mutter. Ich check nicht, warum ich nicht klar denken kann. Immer derselbe Abfuck.
IDA Alles in Ordnung?
Verdammt, kurz abgedriftet.
ICH Klaro.
IDA Ist Marko dein Freund?
Sie macht die Cam an. Sie hat. Läuft doch. Nur einen Bikini. An.
ICH Du bist ja schon richtig braun.
IDA Gefällts dir?
ICH Logisch.
Hat die einen mega Body. Obwohl. Ich daneben. So kalkweiß. Nicht nice.
IDA Ich habe keine beste Freundin. Wir sind so oft umgezogen. Da hatte jedes Mädchen schon eine. Ich hab schon einen richtigen Bikinistreifen.
Sie steht auf und zieht, was, ihr, da unten, das, Ding, Bikini, Hose, das Ding halt. Hoch. Und setzt sich wieder. Nicht so wie Franzi. Überhaupt nicht porno. Nein. So. Ida halt. So, so sexy einfach nur.
ICH Nice.
IDA Da geht Licht an. Ich muss. Schlaf gut!
ICH Okie.
Und dann ist sie auch schon offline.

11

»Na, Großer. Alles gut bei dir?«
Mutter.
Sie sollte doch erst. Morgen.
Fuck. Die Plörre.
»Tut mir voll leid, Mutter. Es waren dann doch ein paar mehr Leute. Haben deinen Sektvorrat gekillt. Ich besorg gleich neuen. Sorry.«
»Macht doch nichts.«
Okie, da stimmt was nicht. Macht doch nichts. Echt jetzt. Macht doch nichts.
»Wie gehts Ulrike?«
Ich hab eigentlich kein Bock auf die Freundenummer, aber wie gesagt, anti Konflikt ist ne sichere Nummer.
»Oh. Ja. Klar. Gut.«
Sie lügt.
»Ist nicht so einfach. Weißt du.«
Stopp. Sie guckt so komisch. Von wegen Jetzt erzähl ICH mal was. Bitte nicht.
»Bin nicht so auf der Höhe gerade. Bei dir alles gut?«
»Jepp.«
Und dann weint sie. Da bei mir. Im Keller. Ich habe sie noch nie weinen sehen. Klaro, ich hab das mal gehört. Aber gesehen hab ich das noch nie. Was macht man denn da. Vor allem, wenn man selbst nicht schuld daran ist.
»Wird schon, Mutter.«
Ich versuch, sie zu umarmen. Das fühlt sich voll weird an.
»Danke, Großer. Ja. Wird schon. Ich. Ach.«
Und dann heult sie richtig. Voll übertrieben. Find ich.

Okie, weiß ja nicht, was Phase ist. Will ich auch nicht wissen, wenn ich so drüber nachdenke.
»Ja, wird schon. Ich bin halt manchmal. Hat alles seine Vor- und Nachteile. Ich geh duschen. Manchmal. Ach. Hab dich lieb.«
Sie streichelt mir über den Kopf. Ich hasse das.
»Ja. Ich dich auch.«
Dann geht sie hoch. Das ist, glaub ich, das erste Mal, dass ich Gedanken über meine Mutter schiebe. Ich mein, klaro, wir hängen hier zu zweit ab. Die ganze Zeit. Aber ich weiß nichts über sie. Was sie so macht. Oder wie es ihr geht. Da war eigentlich nie ein Typ. Also für länger. Voll Weichei die Nummer, ich weiß. Aber ich mach mir grad voll, ja, echt jetzt, Sorgen. Wenn sie sich was antut. Das hatte ich noch nie auf dem Schirm. Kann doch sein. So matsche, wie sie ist. Obwohl. Vielleicht ist mein Hirn auch nur matsche von dem ganzen Zeug, das ich mir reinpfeffer.

ICH Meine Mutter ist voll depri drauf.
IDA Was ist denn passiert?
ICH Kein Plan. Denk, es geht um einen Typen.
IDA Deinen Vater?
ICH Quatsch. Den kenn ich nicht.
Was laber ich denn. Mutter, Vater, Kind. Oder was. Voll der Abturner.
IDA Kann sein, dass ich ab morgen kein Internet habe. :'-(
ICH Wie?
IDA Bin drei Tage in Enna. Vielleicht in einem Café.
ICH Okie.
Mann, bin ich, weiß nicht wie, aggro. Nein, so, nein, traurig ist übertrieben, Mann, aber so, ich weiß nicht. Find

das halt nicht nice. Fühlt sich an wie vom Fünfer im Freibad.

IDA Ich liebe Familienfeste. Schade nur, dass ich nicht schwimmen kann. Aber ich nehm meine Matte mit.

ICH Matte?

IDA Hier. ;-)

Ein Pic. Sie. Macht Kopfstand. Im Bikini. Dieser Body. Alter.

ICH Hot.

IDA Schreiben wir, bevor ich fahre?

ICH Klaro.

Ich könnte ausrasten. Das heißeste Mädchen der Schule KANN einfach nicht aufhören, mit mir zu texten. BAM.

Mutter macht Krach. In der Küche.

Sie sieht besser aus. Glaub ich. Mann, ich schau sie mir ja sonst nicht so an. Ich mein, wer schaut sich schon seine Mutter an.

»Alles okie?«

»Ich mach uns was zu essen. Wollen wir Chili?«

»Klaro. Ich hol Cola.«

»Nimm dir Geld. Im Flur.«

Und bam. Mitten in die Fresse. In der Tasche. Ich hab echt nur das Portemonnaie. Ich mein, Mann. Das hab ich eh noch nie gemacht. So rumspuren. Rumspuren sagt meine Oma. Rumspuren. Das hab ich jedenfalls noch nie. Also. Da ist. Da dieses Ding. Zuerst seh ich den natürlich nicht. Nein, gelogen. Ich weiß nicht, was ich zuerst sehe. Ich seh dieses Heft. Bam. Mutterpass. Steht da. Mutterpass. Der sieht jetzt nicht alt aus, dieser Pass. Okie. Raus jetzt.

Ich check es nicht. Mutter. Sie ist einundvierzig. Das ist doch viel zu alt. Und mit wem. Stopp. Nicht weiterdenken. Was Ida dazu textet. Nein, damit kann ich nicht kommen. Ich mein. Wir haben ein Date. Also nicht einfach so, es ist klar, dass wir. Also, dass es irgendwie abgehen wird. Nachher. Da kann ich ja schlecht mit Mutter und Mutterpass kommen. Voll daneben. Und trotzdem den ganzen Weg nur das im Hirn.

»Hast du Knut getroffen, oder wo warst du?«
Wie gesagt, unbemerkt ins Haus ist unmachbar.
»Hunger.«
Stimmt nicht. Macht nichts. Natürlich hakt sie nicht nach. Ich kann sie gar nicht richtig angucken. Irgendwie find ich es eklig. Ja, das passt. Eklig find ich es. Ist nicht so nice. Sie macht die Glotze an. Krieg nichts runter. Schlecht ist mir. Nur diesen Pass im Hirn. Jetzt bald zu dritt hier. Oder was. Aber ich halt die Klappe und bin froh, dass ihr nicht nach Labern oder Weinen ist. Oder beidem.

12

Zocken macht den Kopf frei. Das sag ich euch. Wenn da echt ein Kind. Ich mein, mit Erzeuger. Kinderwagen. Kinderzimmer. Allem Drum und Dran. Oder was. Alter, Mann. Meine Rübe. KONZENTRATION. Oder einfach wieder so ne Nummer. Rein. Raus. Schreihals da. PENG. Alter, das war knapp. Die macht das schon. Geht mich nichts an. Aber wenn da jetzt ein Typ. Und den Papa macht. Hilfe. Gerade noch mal gut gegangen. BAM. Ausgehoben das scheiß Nest. Plopp. Was. Ida. Cam.

IDA Ich hab mich verliebt.

Meint sie mich. Fuck. Fragen, in wen. Geht ja wohl nicht. Sagen, ich auch.

IDA Das erschreckt dich.

ICH Nein.

Scheiß drauf.

ICH Okie.

IDA Du hast dich auch verliebt?

ICH Klaro.

Auch wenn ich das jetzt nicht so auf dem Schirm hatte, Verliebtsein, ich mein, das ist eher Mädchenkram.

IDA Schade, dass du so weit weg bist.

ICH Jepp.

IDA Weißt du noch, als wir in der Pause auf der Bank neben der Tischtennisplatte saßen?

Fuck. Kein Plan.

ICH Logisch.

IDA Ich hab mich nicht getraut, was zu sagen. Warst du auch so aufgeregt?

ICH Jepp.

Ich mein, das ist ja nicht wirklich gelogen. Auch wenn ich mich nicht erinnern kann. Egal.

IDA Und als wir uns das erste Mal gesehen haben, war hinter dir ein Platz frei. Das war bestimmt ein Zeichen. Und dann hat es so lange gedauert. Hätte ich gewusst, dass es dir auch so geht.

Ich sitz da. Luke schließen. Freundlich gucken. Und. Weiß nicht.

IDA :-) Dann hätten wir das hier schon längst im Real Life.

Sie, was, macht es einfach. Zieht ihr Top aus. Nur ist das Top heute kein Top. Das ist ein Kleid. Dadrunter hat sie. Nichts. Sie rückt weg von der Kamera. So, dass ich sie. Dass ich mehr sehen kann. Sie hat wirklich nichts, nichts drunter. Sie ist nicht rasiert. Ich mag das. Das passt zu ihr. Sieht voll erwachsen aus, nicht so billo wie bei Franzi mit den Pickeln vom Rasieren. Ich Volltrottel, jetzt an Franzi denken geht ja mal gar nicht.

ICH Mein Rohr ist das Härteste ever ever ever.

Und dann hocken wir da, ich weiß nicht, wie lange, und starren uns an. Starren ist falsch. Wir gucken. Jepp. Wir gucken uns an.

IDA Hör was.

Und dann zieht sie sich, viel zu schnell, wieder ihr Kleidtopdings da an.

IDA Ich schreibe, sobald ich Internet habe.

ICH Ich denk jede Sekunde an dich.

Kitsch, ich weiß, aber ich bin so scharf gerade und, ja, ich mag sie. Voll.

IDA Und ich an dich.

Weg ist sie. Und ich. Logisch. Die schnellste Nummer ever ever ever. Verliebt. Okie. Bin ich halt verliebt. Scheiß drauf.

13

Peng. Noch ein Nest. Noch eins. Drifte immer wieder ab. Kann da nichts machen. VORSICHT. Alter. Wie Ida. Dasaß. Peng. Ich weiß gar nicht genau, wo. Muss ich mal fragen. Das war knapp. Und dasaß passt mal so was von gar nicht. MANN. Kann mich nicht KONZENTRIEREN. Alter. Pause.

Mutter pennt. Sie kann das ziemlich lange. Also mach ich mir selbst Frühstück.
Scheiß, der Kaffee. Am Arsch. In letzter Sekunde. Wenn man da nicht aufpasst oder kein Wasser drin ist, kann das voll daneben gehen, also in die Luft.
»Na, Großer.«
»Fuck, erschreck mich doch nicht so.«
»Jetzt guckst du mich wieder so an mit deinen Fledermausaugen.«
»Willst du Kaffee?«
»Wenn du welchen hast.«
Sie setzt sich auf das Sofa. In Zeitlupe. Ist da etwa doch. Stopp. Fledermäuse haben gar keine Augen. Oder. Besser, ich verzieh mich.
Ab auf den Pickel. Bevor sie wieder einen auf Jetzt erzähl ich mal was macht.
»Paul?«
»Ja. Bin joggen.«

Meine Rübe. Nur Matsch drin. Da kann ich rennen, wie ich will. Bringt nichts. Mutter. Mutterpass. Ida. Offline. Aggro macht mich das.

Fuck. Franzi.

SIE Nächste Woche können wir es wieder ordentlich krachen lassen!

ICH Okie.

Was mach ich denn. Aber gar nicht antworten geht ja auch nicht.

ICH Mit Alex?

SIE Müssen wir ihm ja nicht sagen. @-)

Also hatte Marko recht. Bitch.

Eigentlich ist mir gar nicht so nach Franzi. Geschworen. Auch wenn es schon. Ja. Nice war. Logisch. Aber da war ich auch noch nicht. Wir noch nicht. Ida und ich noch nicht. Verliebt. Wer da jetzt lacht, ist ein Vollspast. Und falls Franzi ernst macht, bin ich halt nicht da. Oder so. Sie wird schon klarkommen. Kann mich ja schlecht klonen. Was laber ich denn. Alles voll egal. Nicht alles. Ida. Die Nummer eins. Logisch.
Texte und lösche in Schleife. Freu mich, wenn du wieder online bist. Schlaf gut. Nur so Kitsch im Hirn.
Hab mal Enna gegoogelt. Da ist ja wirklich nichts drum herum. Führt nur eine Straße hoch. Echt jetzt. Wo ist die denn. Was ist denn das. Herr der Ringe, oder wie. Wundert mich nicht, dass die da kein WLAN haben. Alter, bin ich durch.

Endlosschleife. Drei Tage. Drei Tage zocken, nur Guten-Morgen-Mutter-ich-koch-dir-einen-Kaffee, kann man ja mal machen, und Kühlschrankpausen. Mutter fährt eine Schicht nach der anderen. Wenn sie nicht fährt, macht sie Terror. Wäsche. Aufräumen. Und dann sagt die auch noch was von Rasen mähen. Echt jetzt. Mach hier doch nicht den Opi. Rasen mähen. Ida ist keine Sekunde online. Enna. Warum baut man denn da ne Stadt hin. Wenn da kein WLAN ist. Was soll denn das. Da wohnen bestimmt nur sehr, sehr alte Menschen.

Und jede Nacht derselbe Hirnabfuck. Träum, dass ich wie irre rumrenne. Hoch und runter. Und auf dem Pickel irgendwelche Nester aushebe. Und wenn ich aufwache, bin ich voll matsche. Geh nicht mehr joggen. Auch wenn mich dieses Arschbacken-vorm-Rechner-Breitsitzen gerade anödet. Dass sie auch nicht online ist. Mann. Jetzt, wo wir verliebt sind.

14

»Bist du eingecremt, Digger?«
Marko ist schon ne Kanone. Manchmal. Ob ich mit schwimmen will.
»Was denn? Sonnenbrand ist echt der Tod.«
Ewig nicht mehr so gelacht.
»Klingst wie meine Mutter.«
Ich glaube, er findet das alles genauso absurd wie ich. Kumpel haben. Und so. Aber ich frag nicht. Ich frag auch nicht, warum er um alles in der Welt ins Freibad will. Logisch. Sonne tanken. Abhängen. Ist mir schon klar. Aber warum. Hier gibts doch nichts zu gucken.
Marko ist noch weißer als ich. Und hat sogar auf der Brust rote Härchen. Ist nicht so, dass ich ständig andere abchecke, wie die aussehn. Mein ja nur. Und es wär schon gechillter ohne die ganzen Murats um einen rum. Dass die einen auch immer so nerven müssen.
Und dann zieht Marko echt so Bahnen. Und wie der da. Ida fänd das bestimmt nice. Wie der da. Aber ihn nicht. Nein. Mann. Ihn nicht.
»Alles paletti? Kommste rein?«
»Ich schwimm nicht um die Wette.«
»Digger, bist du n Schisser, oder was?«
»Halt die Klappe.«
Spring ich halt. Springen vom Beckenrand verboten. Zwischen die ganzen Murats. Arschbombe. Ich tauche auf, und Marko drückt mich runter. Bis ich ihn zu fassen kriege. So geht das hin und her. Bis. Wie jetzt. Echt. Marko hat voll die Latte. Echt jetzt. Er zieht wieder los. Irre. Kraulen. Der hat eine Kondition. Ich mach die Biege

zum Rand. Neben mir zwei Mädels im Burkabadeanzug. Oder wie das heißt. So Ganzkörperdinger halt. Da gibts wirklich nicht viel zu gucken. Dass der Marko da. Voll die Latte. Affig, ich weiß.

»Schon aus der Puste?«

»Halt die Klappe, Mann.«

Er zieht weiter, und ich krieg das nicht, seine Latte nicht aus dem Kopf. Er steht doch voll auf Mädchen. Oder. Bin ich verkorkst. Peinlich, Mann, dass ich da an so Sachen denke.

»Fertig.«

Ich hab ihn gar nicht ankommen sehen. Anschwimmen.

»Das wars?«

»Wollen wir?«

»Was?«

»Futtern.«

»Okie.«

Marko hat Kohldampf. Ich hock mich auf ne Bank und warte. Nicht noch mal Schlange stehen. Hat mich am Eingang schon genervt. Marko macht das anscheinend nichts aus. So endlos zwischen den Idioten.

Ist irre zugemüllt hier. Sogar Kondome. Ausgepackte. Ob hier jemand. Ich mein, das geht ja gar nicht. Vielleicht Kinder. Denk ich. Wasserbombe. Oder so. Ich hab noch nie eins benutzt. Klaro, gecheckt, ob es geht, ja, Mann, geübt halt, für den Fall der Fälle, man weiß ja nie. Aber Mel und Franzi nehmen die Pille. Die hätten da schon was gesagt, wenn nicht. Sind ja beide so, dass die immer sagen, was Sache ist. Denk ich. Das ist echt das erste Mal, dass ich mir darüber n Kopf mache. Krass. Ich mein, stell dir das mal vor, da machst du kurz rum und dann hat die da

nachher n Braten in der Röhre. Von dir. Nein, bam, Kopfkino, Mutter, Mutterpass, was für ein Abfuck. Nächster Tipp: Nie, never, NIEMALS die Tasche deiner Mutter checken.
Marko grinst. Essen macht ihn echt happy.
Wir chillen noch kurz auf der Wiese und checken die Bräute. Ein paar sind dann doch am Start. Marko guckt so komisch. EGAL. Wir geben Punkte von eins bis zehn. Hier kriegt keine mehr als sechs. Dann nehmen wir unsere Bikes. Er muss nach Moabit, sagt, sein Alter stresst. Ich kapier das nicht, wie der stressen soll. Ohne Schule. In den Ferien. Frag aber auch nicht nach. Hat ja jeder so seine Baustellen.
Fahr ich halt Richtung Stuhü. Bierchen zischen. Was soll ich auch zu Hause. Ida nicht online. Nervt. Nicht sie. Nur die Tatsache, dass wir nicht texten.
Keiner da. Trostlos. So ein Ort. Ohne Menschen.
Dann halt doch Richtung Homebase.

15

»Na, Großer. Da bist du ja.«
Mutter sieht anders aus. Und. Sie ist nicht allein.
Okie.
Ein Typ. Nein. Wie peinlich. Sie hat Farbe im Gesicht.
»Das ist Ralf.«
»Du bist dann Paul, oder? Cool.«
Was für ein Vollspast. Wer soll ich denn sonst sein.
»Ja, Mann. Guten Abend. Bin gleich wieder weg.«
»Willst du nicht mit uns essen, Großer? Wir wollten den Grill anschmeißen.«
Den Grill anschmeißen. Der war das letzte Mal bei meinem zwölften Geburtstag in Aktion. Gruselig.
»Ralf macht was mit Tieren beruflich.«
Mutter lacht. Voll spooky. Also hat sie getankt.
»Okie.«
»Freut mich, Kumpel, dann schau ich mal nach dem Grill.«
Ralf, was für ein scheiß Name, Ralf also schlurft in den Garten und Mutter grinst jetzt wie ein Flusspferd.
»Weißt du, Ralf ist der. Und ich dachte. Warum nicht.«
»Schon gut. Mach dir keine Platte.«
»Er hat Steaks mitgebracht. Und Bier.«
»Schon gut. Der muss sich nicht einschleimen. Ihr könnt machen, was ihr wollt.«
»DU musst ihn ja nicht mögen.«
Nicht die Nummer jetzt. Ich denk nur Mutterpass. Und Ulrike. Und reiß mich zusammen.
»Muss nur kurz an den Rechner.«
»Toll, mein Kellerkind.«

Jetzt hat sie einen Sekt in der Hand. Sie ist, ja Mann, spooky. Das ist es. Sie ist voll spooky. Nicht gestresst spooky. Psycho spooky. Und alles wegen dem Typen. Sie tut mir leid. Sie tut mir echt leid.

Ida war immer noch nicht online. Ich würde ihr gern schreiben, was hier grad abgeht. Einfach so. Aber ich mach mich nicht zum Lolli. Wenn sie online wäre, klaro, dann würde sie bestimmt kluge Sachen sagen, so von wegen Freu dich doch für deine Mutter, und dann würde ich mir Mühe geben und denken, okie, sie hat recht, warum nicht, es gibt nichts Geileres als Steaks vom Grill, aber allein kann ich das nicht denken.

Plopp. Fuck. Marko.

ER Bierchen?

ICH Meine Mutter hat einen Typen hier angeschleppt. Mega peinlich. Der grillt jetzt.

ER Krass. Aber Grillen ist doch ultra geil.

ICH Dann komm rum.

ER Echt jetzt?

ICH Was würdest du alles ertragen für ein Steak?

ER Mehr als deine Alte plus Stecher.

ICH Dann bis gleich.

Das ist doch ein Plan. Zwei gegen einen ist voll daneben. Und Mutter will doch immer unbedingt die Jungs kennenlernen. Bitte schön. Und Marko ist nun wirklich nicht assi.

»Marko kommt gleich rum.«
»Was? Marko? Wer ist Marko?«
»Einer von den Jungs.«

»Du hast einen Freund? Ja? Ralle. Ein Freund von Paul kommt noch. Den kenn ich nicht. Gut, oder?«
Sie ist so anders. Sie benimmt sich voll todespeinlich.
»Darf er?«
Der Spacko meint mich in Kombi mit ner Pulle. Mutter headbangt.
»Na, dann greif zu, Junge. Prost.«
»Klaro.«
Ralf sieht aus wie. Ich weiß nicht, bio irgendwie. Er hat lange Haare. Echt jetzt. Pferdeschwanz. Dazu Hemd, so halb aufgeknöpft und die Ärmel hochgekrempelt. Der passt gar nicht zu Mutter. Stopp. Es gibt nichts Ekligeres, als da weiter zu denken. Bin ich froh, dass Marko gleich auftaucht. Jetzt macht Mutter auch noch Musik an. Noch peinlicher als sonst. Altherrenrock. Ralf wippt. Eine Hand am Grill. Eine überm Kopf.
Dann dreht er sich eine Kippe. Einhändig. Und brüllt weiter die Steaks an. Soll wohl Englisch sein. Er könnte ja wenigstens ein paar dumme Fragen stellen. Schule oder so. Aber nix. Der macht es einem echt schwer. Ich halt die Klappe.
»Ach, schön, das Wetter. Toll. Der Garten sieht ein bisschen vernachlässigt aus, wenn ich mir das so angucke. Aber manchmal sieht man das Unkraut vor lauter Rasen nicht.«
»Den kann man auch platt drücken.«
Mutter und Ralf grinsen sich megapeinlichdämlich an. Was ist denn daran so witzig. Platt drücken. Ich halt das nicht aus. Geh den Kühlschrank checken. Wenn der immer so auffährt, kann der öfter rumkommen.
Ding Dong. Diese Klingel, Alter. Viel zu laut. Mutter ist schneller.

»Abend. Bin Marko. Schön, Sie kennenzulernen.«
Wieso macht der einen auf Überschleimbeutel.
»Sag doch Du. Ich bin die Andrea. Du bist also Pauls Freund.«
»Sicher.«
Marko stört es nicht. Mich auch nicht. Sind wir halt jetzt Freunde.
Wir gehen raus und hocken uns an den Tisch.
»Das riecht ja hammer!«
Marko ruft das der Robbe zu. Die winkt nur und nickt weiter.
»Kann ich helfen, Andrea?«
Jetzt übertreibt er voll.
»Nein, danke. Ich muss nur das Dressing noch. Heute gibt es Salat, Paul. Ihr habt zu trinken? Schön. Ja.«
Mutter verzieht sich in die Küche.
»Magst du Salat?«
»Sicher, Digger.«
»Echt jetzt?«
»Beilage ist immer gut.«
»Okie.«
Wir hocken da wie zwei Opis an der Bushaltestelle.
Ob Ralfs Hände stinken. Stopp. Mann, ich kann nicht aufhören, dran zu denken, wie er meine Mutter. Anpackt. Voll der Ekel. Können ja machen, was die wollen, aber ich kann nicht anders, ständig seine Pfoten an ihr dran in meinem Hirn.
»So. Die ersten sind fertig. Ich hoffe, das passt so, Jungs.«
»Danke.«
Marko sieht aus wie kurz vor nem epileptischen Anfall.
»Das ist doch. Alter, Mann, der ausm Fernsehen. Meine Ma guckt das. Tiere und Co. Oder so. Das ist ja fett.«

»Okie.«

»Das ist alles? Okie? Das ist krass, Alter. Der hat bestimmt ordentlich Patte. Ist das geil.«

»Ist mir eigentlich ziemlich latte.«

Latte. Scheiß Bier. Ich hab nur noch Matsche und Mutterpass in der Rübe.

»Dann guten Appetit.«

Mutter sieht jetzt doch ein bisschen traurig aus, nicht so traurig wie sonst. Anders traurig.

»Wir haben sooooooo lange nicht mehr gegrillt. Gott, ich weiß gar nicht, WIE lange nicht mehr. Das war, glaub ich, nein, ach, ich weiß nicht. Marko. Grillt ihr?«

»Aufm Balkon.«

Abgefahren. Jetzt sind wir so was wie, ja, Freunde, und ich weiß fast gar nichts über Marko.

»Meine Ma ist in der Klinik und kommt nur am Wochenende heim. Da versucht mein Vater es dann immer ganz nett zu machen. Das mit dem Grillen ist eher für ihn. Nett ist es trotzdem.«

»Krass, Mann, Klinik.«

»Nee, ist schon okay. Ist nicht so schlimm. Ihr geht es ganz gut da. Und viele machen doch Therapien ständig. Und sie halt jetzt für ne Weile Vollzeit.«

Mutter lacht. Ich weiß nicht, ob Marko das witzig meint, aber er lacht mit. Also lachen wir alle, Prost noch mal. Ich war noch nie angeduselt. Mit Mutter. Ich muss sagen, ich find Marko eigentlich gar nicht mehr so schlimm gerade.

»Ach, Jungs. Das kenn ich.«

»Wie?«

»Denkt man nicht. Hab ich aber auch schon hinter mir. So eine Therapie.«

Glückwunsch, Mutter. Hast uns einen Psycho ins Haus geholt.
»Nein, Ralle. Quatsch.«
»Doch. Ganzes Wochenende. Familienaufstellung mit allem Drum und Dran. Am Ende hab ich sogar geweint.«
»Jetzt hast du ja mich.«
»Vielleicht zahlt das auch die Kasse.«
Der Psycho grunzt wie ein Wildschwein. Aber die Steaks sind der Hammer.
Sie unterhalten sich über irgendeine Gabi. Ob und wann die. Egal. Marko und ich können da nicht mitreden. Wir mampfen nur. Ich komm mir richtig cool vor. Auch wenn das ab jetzt ein Loserwort ist, passt aber zu gut gerade.
Und dann bietet Mutter Zigaretten an. Das muss am Sekt liegen. Ich hab noch nie vor meiner Mutter und ich rauch ja auch nicht wirklich, aber gerade ist es, ja Mann, cool halt.
»Ich weiß doch eh, dass du rauchst.«
»Tu ich gar nicht. Nur manchmal.«
»Und wenn. Du bist alt genug. Und ich ein schlechtes Vorbild.«
Ich find Mutter gar nicht mehr so peinlich. Was auch daran liegt, dass Marko das alles hier ziemlich fett findet.
»Was wollt ihr denn später mal machen, Jungs?«
Jetzt doch.
»Reisen.«
»Cool. Ihr zusammen?«
Cool. Ralf, Mann. Ich sag das nie wieder.
»Klaro.«
Ich mein, was soll ich da sonst. Kann ja Marko schlecht hängenlassen jetzt.

»Wir müssen wirklich mal den Garten. Ich habe immer von einem Pool geträumt. Ich war mal eine richtig gute Schwimmerin. Krieg den Dellen. Was red ich denn. Will noch jemand? So jung kommen wir nicht mehr zusammen.«
Langsam wird es peinlich. Aber die anderen lachen nur. Nicht so auslachen. Eher so ein Was-für-ein-schöner-Abend-Lachen. Okie. Vielleicht bin ich ein bisschen zu anti. Kumpel, Mutter am Tisch, diese Robbe, ein bisschen viel auf einmal.
»Und seid ihr schon lange ein Paar?«
Marko zieht die Nummer echt durch.
»Ach, ja, wir kennen uns schon, aber na ja, nein, nicht so lange.«
Wir stoßen wieder an, absurd, auf dich und deinen Macker, alles Gute, warum auch nicht. Was ist eigentlich mit Ida.
»Ich muss mal kurz an den Rechner.«
»Viele Grüße!«
Marko, Mann.
»Aha. Ein Mädchen. Wusste ich es doch. Eine Mutter spürt so was.«
»Quatsch.«

IDA Bin wieder da!!! Ich hab dich so vermisst! Du mich auch? Sehen wir uns nachher?
Ida war online. Fuck. Verpasst.
ICH Jepp. Wir grillen grad mit Mutters neuem Macker. Marko ist auch am Start. Voll weird, die ganze Aktion. Bis später.

Im Garten geht es um diese Serie. Ralf ist wirklich der Typ ausm Fernsehen. Er ist Tierpfleger. Ich finds nur pein-

lich. Mutter hat ihre Füße rüber zur Robbe gelegt. Voll daneben.
Ich muss an meinen Erzeuger denken. Also nicht wirklich an ihn, kenn ihn ja nicht. Ich weiß noch nicht mal, wie er aussieht. Ziemlich assi von Mutter. Weiß mehr über die Robbe als über. Stopp jetzt. Aber sie hätte ja schon mal. Was sagen können. Es ist dunkel.
Der Tierpfleger verabschiedet sich. Wohl doch nicht so eng die beiden. Stopp. Tschüs, Ralf. Marko macht auch die Biege. Ich zünde mir noch eine Kippe an. Mir ist schon ganz schlecht von dem Gequalme.
»Was für ein Abend, Großer. Wie findest du ihn? Erzähl doch mal.«
Mutters Glas ist schon wieder voll. Wie viel die trinken kann. Von dieser Plörre.
»Er ist doch nett.«
»Jepp.«
»Was hast du denn?«
»Lass mich einfach.«
»Was ist denn los?«
Scheiß drauf.
»Warum weiß ich nichts über meinen Vater?«
Stille. Pause. Mutter zündet sich auch eine Kippe an. Fluppe. Zigarette. In meinem Hirn drehen nur kack Buchstaben Schleife. Und die richtigen fehlen. Voll der Abfuck. Ich hätte die Klappe halten sollen.
»Oh. Klar. Das musste ja irgendwann. Ich. Ich dachte, wenn du nicht fragst, weißt du.«
Sie lügt. Ich habe gefragt. Immer und immer wieder. Irgendwann nicht mehr. Logisch.
»Weißt du. Da kam halt eins zum anderen. Ich. Mann. Frau. Zur falschen Zeit. Am falschen. Ich weiß doch auch

nicht. Am Anfang war er noch da. Hier. Und dann halt weg. Ich weiß doch auch nicht.«
Ich hock nur da. Mein Hirn ist auf Stand-by. Ich weiß nicht, was ich da jetzt. Sie auch nicht. Sie raucht. Und trinkt. Ich starre auf meinen Teller. Drück die Kippe im Senf aus. Ich weiß gar nicht, was ich sonst so. Gedacht habe. Früher. Wenn es um meinen Erzeuger ging. Sie hat nur gesagt, dass sie mir das irgendwann. Erzählt. Was hab ich gedacht. Dass sie wirklich nicht weiß, wer er ist. Später dann, dass es wohl so ein Fick war. Im Club. Auf dem Klo.
»Paul. Sag doch was.«
»Was denn?«
»Willst du seine Adresse?«
»Sein Name würde schon mal reichen.«
»Er heißt Jörg.«
Das sitzt. Stocknüchtern. Auf einen Schlag. Jörg. Mein Erzeuger heißt Jörg. Krass. Er lebt und. Er hätte ja auch mal. Peinlich. Ja, Mann. Ich find das einfach nur noch peinlich. Dass ich nichts über ihn weiß. Dass ich nicht weiß, ob ich wirklich mehr wissen will. Dass die nichts gesagt hat. All die Jahre.
»Das ist mein Leben.«
»Sei nicht so, Paul.«
»Meins.«

16

Fuck. Rechner. Nein, ist nicht wahr. In der Nacht noch Ida getextet.

ICH du bist das beste ever ever ever muss ich mal sagen du bist die EINZIGE auf diesem Planten der ich noch vertraue sie lügt immer wieder gefragt wirklich dass sie nicht weiß wer er ist

Ich sollte die Pfoten vom Rechner lassen nachm Tanken. Erst mal Durst löschen. Da hilft nichts. Ab nach oben.

»Morgen, Großer. Du hast recht. Es ist dein Leben. Du kannst hin.«
Wo soll ich denn jetzt schon wieder hin. Und was für ein Leben.
»Zu Jörg.«
Welcher Jörg. Bam.
»Ich hab ihn erreicht.«
»Okie.«
»Das heißt?«
»Ich denk drüber nach.«
»Es ist ja dein Leben.«
Was labert die. Leben. Mein Leben. Dein Leben. Ja. Soll sie sich um ihres kümmern. Geh ich halt hin. Obwohl.
»Wo wohnt er denn?«
»Köln.«
»Krass.«
Das ist doch. Mann. Am Arsch der Welt.
»Also?«
»Okie.«
»Lass dir doch nicht jedes Wort aus der Nase ziehen.«

»Fahr hin.«
»Gut. Morgen? Ich buch dir den Zug.«
Sie zündet sich eine an. Drinnen. Okie. Ausnahmezustand. Morgen.
»Ich schreib ihm.«
Ich check das nicht. Da hockt Mutter und textet mit meinem Erzeuger. Fuck. Keine Cola da. Ich kann echt nicht sagen, wie ich das finde. Ida wird gefallen, dass ich hinfahr. Was die eigentlich macht.

Ab in den Keller. Ida. Online.
ICH Sorry. War durch gestern. Fahr morgen zu meinem Erzeuger!
IDA Toll.
ICH Jepp. Kennst du Köln?
IDA Liegt am Rhein.
ICH Irre, oder?
IDA Geh auch gleich ins Wasser.
ICH Schon wieder?
IDA Sonst vermissen die Fische mich. ;-D
ICH Gibts da viele?
IDA Voll.
Obereklig.
ICH Faszinierend.
IDA Weit draußen sieht man die gar nicht. Aber man weiß, dass sie unter einem sind. Ich mag das. Zu wissen, dass da so viel Leben ist. Im Wasser. Um einen rum.
ICH Ich war mal an der Ostsee.
Ich bin echt durch. Urlaub mit Mutter. Logisch, Mann, wollt ja nicht mehr posen, aber das hier ist schon überpeinlich.
IDA Gibt es da auch Thunfische?

ICH Klaro.
IDA Dann müssen wir mal zusammen hin. ;-)
Und schon wieder die Pumpe. Und die Pfoten. Fische hin oder her. Der ganze Erzeugerquatsch kommt mir sofort voll affig vor. Wenn ich mir vorstelle, mit Ida am Strand. Lit. Mann, bin ich verkorkst.
IDA Muss jetzt.
ICH Schwimm nicht zu weit raus.
IDA Zieh Schwimmflügel an. ;-D
ICH Hot.
IDA Jaja.

Läuft doch. Ich auch. Siedlungspickel rauf und runter. Und einfach keine Platte machen. Ida ist der Hammer. Und wenn Köln ein Reinfall wird, wird es halt ein Reinfall. Ich mein, ich bin ewig, mein ganzes Leben, Alter, ewig ohne diesen Jörg klargekommen. Ich fahr hin, guck mir den an, und wenn er mir auf den Keks geht, fahr ich halt wieder. Easy.

Mutter ist nicht da, nice, das find ich gut. Recht hat sie. Mit dem eigenen Leben. Und so. Ist schon was dran. Ich dusche, bis das ganze Bad dampft. Fett.

Da steht. Hammer. Das gibt es doch nicht. KASSLER VOM IMBISS.
»Ich dachte, wo du morgen. Du hast doch Hunger?«
»Logisch.«
Ist nicht so, dass ich die Nummer nicht durchschau, von wegen Kassler her und alles wieder gut. Dass sie echt all die Jahre nichts gesagt hat.
»Da wird mein Großer erwachsen. Hier, dein Ticket und

die Adresse. Ich hab dir den Weg ausgedruckt. Das hier ist seine Nummer. Er kann dich auch abholen. Meinte er. Ganz wie du willst.«

Ich nicke nur und mampfe. Dieser Senf. In Kombi mit diesem Stück. Das ist die beste Erfindung ever ever ever.

»Kann ich noch was tun? Brauchst du noch was?«

»Nee.«

Sie steht auf, und nein, gibt mir einen Schmatzer, wie gemein, von hinten, auf die Wange, Mann. Aber ich sag nichts. War ja echt nett. Mit dem Kassler. Und dann die Patte. Für die Rückfahrt. Und noch n Zwanni extra.

IDA Sorry, dass ich depri drauf war. Ich bin so weit rausgeschwommen wie noch nie. Wenn man denkt, man kann nicht mehr, und doch weitermacht. Das ist ein Wahnsinnsgefühl, wenn plötzlich alles wie von selbst funktioniert und man sich fühlt, als könnte man ewig weiterschwimmen. Und dann diese Stille. Da draußen. Unter Wasser. So faszinierend. Kann mir gar nicht vorstellen, wie das ist, wenn man seinen Vater nicht kennt.

Noch online. Nice. Cams an.

ICH Hattest du kein Schiss?

Sie hat noch nasse Haare. Und nur ein Handtuch um. Nice.

IDA Darum geht es doch. Etwas auszuprobieren ... ;-) Und wenn man Angst hat, darf man sie nur nie zeigen. Das sagt mein Vater immer.

ICH Fahr fast fünf Stunden Zug morgen.

Ich Trottel. Tuff tuff. Oder was.

IDA Freust du dich?

ICH Weiß nicht. Hoffe, der hat WLAN.

Sie macht ihre Haare hoch. Und da. Alter. Das Handtuch. Das rutscht. Runter. Ich zieh mein T-Shirt aus. Ida. Wie jetzt. Packt sich wieder ein.

ICH Du siehst doch toll aus.

Sie tippt. Kommt aber nix. Kann man doch mal sagen. Oder nicht. Mann. Was hat die denn.

IDA Vermisst du mich?

Obacht. Das ist eine Falle.

ICH Logisch. Wär schon nice, wenn du jetzt hier wärst.

Und das ist nicht gelogen. Wer das jetzt nicht kapiert, wurde halt noch nie. Vermisst. Sorry. Sie. Was. Geht doch. Sie. Macht das. Weg. Das Ding. Langsam. Das Handtuch. Weg. Sie ist voll braun. Mit den Streifen. Ich hab keine. Bin immer noch kalkweiß. Sie stört das nicht. Denk ich. Egal. Nein, nicht egal. Sie ruckelt rum. Aber fasst sich nicht an. Wir texten nichts mehr. Ich mein, was auch. Ich guck nur. Denk nichts. Kann nichts mehr denken. Es gibt voll nichts mehr. Nur wir da so.

17

Hauptbahnhof. Das ist mal. Also groß ist das hier schon. Wie viele Etagen gibt es hier denn, Mann. Okie. Keine Panik. Fast ne ganze Schulstunde Zeit. Locker. Kaffee. Mein Name. Wofür. Will die mich verarschen. Für den Becher. Paul. Logisch. Hat die richtig geschrieben. Okidoki. Gleis fünf.
Was soll denn das für ein Gleisplan sein, wenn da die Nummern nicht dranstehen. Ah. Da unten. Mininummern. Fünf, Mann. Steht da trotzdem nicht. Scheiß WLAN hier. Alles verpixelt. Woher soll man denn dann wissen, wo der Zug hält. Eieiei. Panik. Die Uhr. Tickt. Okie. Dann halt offline. Da. Ne Tafel. Nummern dran. Geht doch. Da stehn überall Nummern dran. Easy.
Ganz schön viele Menschen auf Gleis fünf. Was wollen die denn alle in Köln. Versteh die Durchsagen nicht. Aber keiner hier guckt irritiert. Wird schon. Da kommt er. Der Zug. Wie lang ist der denn. Woher soll ich denn jetzt wissen, wo scheiß Wagen dreiundzwanzig ist. Mann. So macht Reisen keinen Spaß. Egal. Rein da. Latsch ich halt. Durch den ganzen Zug. Paar Wagen sind über leer. Und n Späti gibt es auch. Was sind die denn alle so aggro. Da. Wagen dreiundzwanzig. Endlich. Nein. Wie jetzt. Da ist ein Bild. Mit nem Handy drauf. Und das Handy ist durchgestrichen. Ernsthaft. Handyverbot, oder was. Gut, ich will ja nicht so sein, wie gesagt, immer schön anti Konflikt, wenn es nicht ZU sehr wehtut, immer schön an die Regeln halten. Glotz ich halt. Aus dem Fenster. Berlin Spandau. Fragezeichen. Wird schon stimmen. Auf dem Schirm steht immer noch Köln. Dass ich da gleich

meinen Erzeuger. Stopp. Wird schon. Keine Paras schieben.
Die Fahrscheine bitte. Was schreit der denn so. Voll in Uniform, der Typ. Ich werd nie irgendwas machen, wo man sich so einen Quatsch überziehen muss. Peng peng peng. Voll das Highspeedteil. Nur noch grün grün grün. Da draußen. Ida. Ist schon der Wahnsinn. Mehr denk ich nicht. Ida.
Fuck. Mein Nacken. Alter. Was ist das. Wo bin ich. Eingepennt. Logisch. Hannover. Wie jetzt. Okie. Köln kommt noch. Steht da. Korrekt. Ein Trupp von, was, eins, zwei, drei, vier, acht Tanten steigt ein. Die Tanten tanken schon. Und haben schon getankt. Und grölen. Singen. Machen Lärm halt.
Augen zu. Mucke wieder rein. Lass mich nicht stören. Ob Ida auch mit dem Zug gefahren ist. Muss ich mal fragen. Panik. Scheiße. Schon wieder. Vor der nächsten Reise muss ich länger pennen. Alles unter Kontrolle. Noch eine Stunde. Jetzt aber Glupscher auf.

Köln. Echt ein Minibahnhof. Alle rennen wie zu spät dran. Ich lass mich nicht stressen. Bin ja jetzt Reise-Pro. Easy. Runter. Plan. Noch mal runter. Tram. Ich komm mir voll, weiß nicht, special vor. Ja. Special. Und ich bin. Nein. Bin ich nicht. Aufgeregt. Oder so. Mutter hat alles ausgedruckt. Haltestelle. Den Weg.
So n Quatsch.
Kann ja nichts schiefgehen.

Der wohnt in einem Turm. Echt jetzt. Mein Erzeuger wohnt in einem Turm. Das ist bestimmt hip. Und teuer. Ich bleib auf der anderen Straßenseite stehen. Wenn er

aus dem Fenster guckt. Ist auch blöd. Gibt ja voll viele. Kann doch sein. Dass er so ein Typ ist. Der hinterm Fenster hockt. Hilft nichts. Geh ich halt rüber. Jörg Gans. Geht mal gar nicht. Paul Gans. Nein, Mann. Viele wohnen nicht hier. Auf den anderen Klingelschildern steht nichts. Der kann doch nicht das ganze Ding. Ich mein, echt jetzt. Es summt nicht. Ist der nicht da. Oder was. Ich dreh durch. Nicht so Kopfachterbahn wie bei Ida. Kopfachterbahn mit Arschtritt ist das. Scheiße, Mann. Da kommt wer. Wie jetzt. Ich denk nur. Weiß nicht. Nichts. Und dann. Tür auf. Bam. Zu spät.
»Willkommen.«
Echt jetzt. Willkommen. Ist das sein Ernst. Er steht nur da. Kein Pipi in den Augen. Kein Sich-in-die-Arme-Fliegen, wie man sich das so vorstellt.
»Der Türöffner geht noch nicht. Es läuft nicht alles wie geplant. Du bist Paul. Großartig.«
»Jepp.«
Er trägt Ringe. Und Armbänder.
»Gut konditioniert bist du?«
»Was?«
»Der Aufzug ist noch in Arbeit, wie einiges hier. Das hab ich hier alles, das ist mein Altersdomizil, wenn man das so sagen möchte. Das ist mein Traum. Alle anderen Parteien kommen nächsten Monat. Ich halt hier schon mal die Stellung. Schau, das Geländer. Nussbaum.«
»Okie.«

Die Bude ist der Wahnsinn. Das ist keine Wohnung. Das ist eine Halle. Alles grau. Stein. Beton. Und ein paar kleine Dinger da. Vor der Wand.
»Wow.«

»Dir gefällt es?«
»Klaro.«
»Great.«
Er zieht seine Schuhe aus. Nackte Füße. Nope. Sneakers lass ich an. Ihn stört das nicht. Glaub ich.
Er geht zum Betonklotz. Ist wohl die Küche.
»Ich muss zugeben, dass ich stolz bin auf das Prachtstück hier. Dein Zimmer zeige ich dir gleich. Möchtest du erst mal einen Tee nach der Reise? Oder lieber Wasser. Paul?«
»Wasser.«
Da steht eine Kanne mit Steinen drin. Voll weird. Wir stoßen mit dem Steinewasser an. Er setzt sich aufs Sofa. Sofa ist untertrieben. Koloss eher. So eine Riesenledermatratze halt. Ich steh dumm rum. Das soll mein Erzeuger sein. Ich hab voll den Sprung in der Platte. Geile Butze, Spießer, Angeber, Megatyp, Yogi, Arschloch. Das in Schleife.
»Du. Paul. Ich freue mich, dass du da bist, Paul. Du hast einen Sitzplatz bekommen?«
»Ja. Mutter hat mir einen reserviert.«
»Willst du dich nicht setzen, Paul? Wir können auch raus. Man hat einen wundervollen Ausblick hier oben. Bis hinüber zum Dom.«
»Klaro.«
Er geht vor. Seine Füße sehen voll alt aus. Aber er auch cool. Irgendwie. Cooler, als ich dachte. Und dann diese Butze.
Wir stehen nur rum. Draußen. Und glotzen. Also ich glotz auf die Kirchtürme. Denk mal, die gehören zu diesem Dom. Egal. Und er. Er glotzt mich an, glaub ich. Ich würde auch gern. Also ihn abchecken. Aber ich mach es nicht.
»Du hast Hunger?«

»Logisch.«
»Du schmeißt nicht gerne wahllos mit Worten um dich.«
»Nee.«
»Great. Zwei Sätze bis jetzt und schon eine Gemeinsamkeit.«
Ich muss lachen. Ich kann nicht anders. Ich find ihn einfach cool. Strange. Schon. Aber auch cool. Irgendwie. Ich find es gut, dass er nicht so ein Drama macht.
»Worauf hast du Appetit?«
»Döner.«
Was guckt der denn so.
»Gehen wir zum Afghanen?«
»Okie.«

Der Laden ist um die Ecke, er kauft uns so Reisdinger. Ich sag ihm nicht, dass das kein Döner ist. Bin froh, dass wir uns nicht hinsetzen. Wir laufen und essen und er redet über Essen, Indisch, scharf, Fleisch, Milch. Voll gechillt.
»Du hast bestimmt viele Fragen.«
»Klaro. Und du?«
Voll komisch, einen fremden Erwachsenen zu duzen. Einfach so. Rosinen mag ich nicht, denk ich, mehr nicht.
»Ja. Natürlich.«
Es kommt keine Frage.
»Hast du noch andere Kinder?«
»Ja, Emma. Sie wird bald einundzwanzig und studiert in Düsseldorf Transkulturalität. Ihre Mutter und ich sind schon lange nicht mehr liiert. Mag sein, dass ich mir selbst dann doch am nächsten bin.«
»Krass.«
»Mein selbst diagnostizierter Hang zur Autophilie oder deine Schwester?«

Kein Plan, was der mit Autodings meint. Ich frag auch nicht.
»Halbschwester.«
»Sie freut sich schon sehr, dich kennenzulernen.«
Ich nick nur. Eine Schwester. Halbschwester. An so was hab ich gar nicht gedacht.
»Viele Jahre denke ich schon darüber nach, dich zu kontaktieren. Aber dann war ich mir nicht sicher, wie. Schwach, ich weiß. Du wirst das verstehen, wenn du älter bist.«
Bam. Ich weiß ja gar nicht, was ich ihm vorwerfen soll. Ich bin nicht anti. War ich auch nicht. Vorher. Aber ich hab auch nicht gedacht, dass ich nicht nicht-anti. Egal.
»Du hast Pläne für den heutigen Abend?«
»Chillen.«
»Dann tu das doch.«
Der Turm ist echt gruselig. Von außen. Da steht so ein Sicherheitsfuzi. Jörg grüßt ihn. Ich nick nur.
Mein Zimmer ist so groß wie unser Erdgeschoss. Ich hab ein eigenes Bad. Alter, wenn ich nicht so eine Sperre im Hirn hätte, würde ich mich mega abfeiern.
»Es ist auch dein Zuhause, Paul. Ich habe morgen ins Büro zu gehen. Keiner weiß, wie lange ich dort gebraucht werde, leider. Andrea hat mich zu spät informiert. Es ist zu essen im Kühlschrank. Du kommst zurecht?«
»Logisch.«
»Wie geht es Andrea?«
»Jepp.«
»Ist sie allein?«
»Klaro.«
»Then have a good night. Schlüssel und Keycard lege ich dir hin.«

»Danke.«
»Danke? Spinner. Ist doch selbstverständlich. Ich bin dein Vater.«
Ich hau mich hin. Null Aktion im Hirn. Echt jetzt. Will einfach nur pennen. Krass, Mann, keine Sekunde an Ida gedacht. Echt noch nicht mal Power, WLAN zu checken.

18

Auf dem Betonklotz liegen Schlüssel und ein Zettel: *Guten Start in einen wundervollen Tag, Paul!*
Kein Kaffee am Start. Nur tonnenweise trockene Blätter. Weird. Mutter hat schon angerufen. Kein Bock. Ich schreib ihr. *Alles okie, melde mich später.* Ich mein, was denkt die denn. Dass wir drüber labern, wie ich ihn finde. Vater. Oder was.
Es ist so absurd hier. Absurd. Auch so ein Wort. Absurd. Voll die absurde Kulisse ist das hier. Muss an Parkhaus denken. Keine Fotos oder Postkarten oder so Zeugs.
Geh ich halt auf die Türmchen gucken. Auch der Balkon ist größer als unser Garten. Funzt. Muss man schon sagen. Jörg hats echt drauf. Jörg. Vater. Krass. Ich hock bei meinem Vater. Komm gar nicht klar drauf. Dass der die ganzen Jahre. Stopp.
WLAN-Passwort hängt am Kühlschrank. Nice. Ida ist online. Doppelnice.
IDA Hab dich vermisst gestern.
ICH Sorry, nur Aktion hier.
IDA Wie ist es mit deinem Vater?
ICH Schau mal.
Ich mach die Cam an und zeig ihr die Bude. Und muss zugeben, dass ich ziemlich gut in die Kulisse hier passe.
ICH Gestern waren wir Afghanisch essen.
IDA Das ist dein Zimmer?
ICH Logisch.
ICH Sorry, da kommt wer.
Mann.
IDA Später?

ICH Klaro.
»Du bist da. Schön.«
»Logisch.«
»Gehen wir essen und dann zeig ich dir das Büro?«
»Okie.«
Er sieht voll busy aus heute. Aber ich frag nicht, ob er Stress hat. Oder so.

Dieses Mal setzen wir uns. Sushi. Futtern am Fließband. Voll weird. Jörg macht das mit Stäbchen. Ich stell mich an wie ein Pinguin.
»Gehört nicht zu deinen Favorites?«
»Hm.«
Das schmeckt nach gar nichts. Aber wenn man viel von dem grünen Zeug draufpappt, gehts.
»Emma ist morgen in der Stadt und ich soll dir ausrichten, dass du sie gerne zu einer Feier, ein Kommilitone hat Geburtstag, begleiten kannst.«
»Echt jetzt?«
»Natürlich ist sie neugierig auf dich.«
»Okie.«
»Heißt?«
»Jetzt klingst du wie Mutter. Heißt, warum nicht. Bin dabei.«
»Okie.«
Wir lachen. Fast. Ich glaub, wir verstehen uns einfach. Ja, Mann, wir verstehen uns.

Das Büro sieht ganz anders aus, als man sich das so vorstellt. Voll viele Tische. Und auf jedem die Überrechner. Mann. Das ist doch mal ein geiler Job. Wenn du da so ein fettes Ding auf dem Tisch. Irre. Die Heinis davor finden

das gar nicht strange, dass ich da jetzt mit Jörg. Sohn vom Chef. Ich muss zugeben, das find ich schon nice. Gefällt mir. Vater. Sohn. Vater zeigt mir ein paar Modelle. So Pappdinger in Glaskästen. Vor einem steht ein Spielzeugauto. Echt jetzt.
»Fett.«
»Das Projekt gefällt dir?«
»Und die Karre erst.«
Jörg labert in Schleife. Ich schneid das alles nicht so wirklich mit. Wettbewerbe. Speicherhaus. Umbau. Mein Hirn ist viel zu busy mit anderem Kram. Nur Sohn im Kopf. Vater. Sohn. Kann da nichts machen.
Ein Heini ruft Jörg. Schon fett, wenn man so wichtig ist. Ich hock in nem Sessel. Voll Wartezimmer. In jedem Heft nur Häuserkrams.
»Paul. Das ist Lene. Ich habe einen Call. Lene zeigt dir gleich den Dom. Ich komme nach.«
»Okie.«
Wenn ich das richtig mitgeschnitten habe, ist Lene die Assistentin. Muss später auch was machen mit ner Assistentin am Start. Nicht, dass ich diese Lene jetzt heiß finde. Nein, steh ja nicht auf Bürotussis, aber dieses ständige Willst-du-was-trinken, Kann-ich-dir-noch-was-bringen. Jörg ist voll der King hier. Und ich halt jetzt auch. Klaro.

Die große Kirche ist über lame. Lene macht den Tourіführer. Ich sag ihr nicht, dass ich nicht so auf alte Steine stehe. Sag nur oh und echt und irre und denke LANGWEILIG, gähn, Geschichts-LK. Aber die Aktion an sich funzt schon.
Wir treffen Jörg an so nem Platz. Seine Assistentin macht direkt die Biege.

»Praktikanten werden nicht nach Stunden bezahlt, no worries.«
Geilomat. Auch noch Flatrate. Diese Lene.
Jörg will mir die Stadt zeigen. Hier sagt man das so, die Stadt. Er grüßt einen Typen. Nur so Tach. Wir bleiben nicht stehen. Was der wohl denkt, denk ich. Wer ich bin. Ob man denken könnte, dass ich sein Sohn, wenn wir so nebeneinander. Sein Sohn. Krass.
»So einen Platz vermutet man in dieser Stadt.«
Ich nick nur. Der Laden sieht aus wie. So alt. Irgendwie. Aber die Leute hier sind eher jung. Jörg ist nicht für draußen abhängen. Das gefällt mir. Irgendwie.
»Möchtest du ein Kölsch probieren?«
»Klaro.«
Die Kellnerin bringt, was, Bier, geil, und grinst. Sie grinst Jörg voll blöde an.
»Danke.«
Er grinst nicht zurück.
Wir stoßen an. Vater trinkt wie ein Mädchen. Minischlücke. Ich muss an Ida denken. Mini. Minileben. Minigläser. Meins ist schon leer.
»Hast du eine Freundin?«
»Nee. Also. Kenn da eine. Aber. Nee. Treffen uns nur online.«
Freundin. Weird.
»Du bist ein Computerfreak.«
Er pappt einen Bierdeckel auf mein Glas.
»Nee, Mann. Zock halt. Und texte. Und du?«
Jörg kriegt voll den Laberflash. Projekt. Deadline. Karriere. Warschau. Kollege. Botschaft gebaut. Oder so. Ich nicke nur und will noch so ein Kölsch. Aber Jörg kommt vor lauter Labern nicht zum Trinken. Das wird doch schal, Mann.

Ein Typ kommt an unseren Tisch.
»Nein, Jörg, du, hier, Mannomann! Schau nicht so. Ich habe es nicht verbockt.«
»Sagst du.«
»Stör ich?«
»Das ist mein Sohn. Paul. Paul, das ist Karl. Ein Architekt.«
»Dein Sohn? Du machst ja Sachen. Mannomann. Hey!«
Er gibt mir die Hand. Das passt so gar nicht. Karl sieht eher aus wie ein Rocker. Kann mir den gar nicht vor so nem fetten Rechner vorstellen.
»Die da unten, Mannomann. Alle mit ihrem Einmannzelt auf Tour. Wie gehts eigentlich Karin?«
»Weißt du doch.«
»Mach mal noch drei für die Jungs von der Tankstelle.« Er winkt der Grinsekellnerin. Korrekt.
»Lass mal, Karl.«
»Endlich wieder Bier. Da unten nur alles mit Strohhalm. Wieso weiß ich denn nichts von dir?«
»Ich bin bei meiner Mutter. In Berlin.«
»Hat der Papa nicht aufgepasst?«
»Karl.«
»Ja, bin ich. Finde den Fehler.«
»Karl, was soll dieser Bart eigentlich.«
»Das ist schick für da unten. Für da unten war das schick.«
Wir kriegen drei, nein, schon wieder solche Minidinger. Karl ext.
»Die Zeit heilt alle Wunden, Kinders.«
Er steht auf und, nein, Mann, wuschelt mir durch die Haare.
»Und nie ohne Gummi, Kleiner.«
Er setzt sich an den Tresen und labert die Grinsekellnerin zu. Ich hör nur Dubai. Kamele. Karawane.

»Verzeih. Karl kann einem den letzten Nerv rauben. Weißt du, wir.«
Durchzug im Kopf. Aachen. Köln. Und wenn er nicht gestorben ist, dann labert er noch heute. Gummi. So ein Quatsch. Selber Opfer.
»Paul?«
»Also ist Karl ein Kollege?«
»Ja. Im weitesten Sinne. Wir sind im selben Büro. Ja. Er sollte erst morgen kommen. Am produktivsten bin ich allein.«
»Ich bin auch so. Glaub ich. So eher allein.«
Bam. Da ist er. Der Vater-Sohn- oder Was-weiß-ich-Moment. Jedenfalls weiß er das erste Mal nicht weiter. Also nicht so Sackgasse. Nein, eher so Pipi in den Augen. Ich glaub, ich check grad erst, dass das da mein Erzeuger. Vater. Vielleicht geht es ihm ja auch so.
»Nicht nachtragend zu sein, Paul, ist eine gute Eigenschaft. Ach. Ist halt der Karl.«
»Jepp.«
Und ich muss grinsen. Nicht, weil ich das jetzt witzig. Einfach so. Egal. Ich muss mal.
Das Klo riecht nach Weichspüler. Voll Spiegelalarm. Ich hab mir noch nie eine Platte gemacht, wie ich aussehe. Ich find mich eher neutral. Dunkelblonde Haare. Grüne Augen. Hat er auch grüne Augen. Check ich gleich mal. Meine Zähne sind nach Spange normal. Neutral. Durchschnitt. Jetzt nicht minus. Stopp. Mein Hirn nervt. In letzter Zeit denke ich Sachen, die mir voll auf den Sack gehen. Und das in Schleife. Ich hab da voll keine Kontrolle drüber. Wasser ins Gesicht und Schluss damit.
Bei Jörg sind schon voll die grauen Strähnen am Start.
»Was schaust du denn?«

»Welche Augenfarbe du hast.«
»Grün. Wie du.«
»Findest du, wir sind uns ähnlich?«
»Ich würde sagen, dass du mir bekannt vorkommst, wenn ich dich sehe. Die Art, wie du gehst. Und wie du dir immer durch die Haare fährst. Schwer zu sagen, ob das heißt, dass wir uns ähnlich sind.«
»Jepp.«
»Wohnt ihr noch in dem Haus am Stadtrand?«
»Hm.«
»Und ihr lebt da gemeinsam, zu zweit?«
»Klaro.«
»Great. Und Andrea befördert immer noch Gäste an verschwiegene Orte?«
»Stehst du noch auf Mutter?«
»Mutter. Wie das klingt. Andrea. Andrea und ich haben uns fünfzehn Jahre nicht gesehen. Fünfzehn Jahre.«
»Sorry. Dumme Frage.«
»Es gibt keine dummen Fragen. Es gibt nur dumme Antworten.«
Merk ich mir.
»Wieso fünfzehn Jahre?«
»Die Begegnung mit deiner Mutter war eine sehr besondere, der eine sehr komplizierte Konstellation nicht ausreichend Raum gelassen hat, lassen konnte. The, Emmas Mutter, hat mich nicht gehen lassen, sie war nicht in der Lage, ich nicht autoritär genug, muss ich im Nachhinein eingestehen. Weißt du. Im Leben muss man manchmal Entscheidungen treffen. Es ließ sich nicht vereinbaren.«
Nicht, dass ich mir die Kante geben will. Mit ihm. Nein, Mann, trotzdem weird. So vor nem leeren Glas.

»Vielleicht kannst du dich erinnern. Ich habe dich oft besucht. Am Anfang. Als du noch kleiner warst.«
Wie. Besucht. Was. Wo. Ich nicke. Wär gern aggro jetzt. Will Arschloch denken. Geht grad nicht.
»Wollen wir noch mal zum Japaner?«
»Klaro.«
Dann eben wieder Stricknadeldingsbums. Okie.
Karl sagt noch was von Fluchtweg und Grüße an den Opa. Check ich nicht. Aber ich frag auch nicht nach. Zu viel Fisch im Hirn. Ich glaub, ich bin happy. Jörg find ich cool. Auch wenn das wieder uncool klingt. Aber ja, Mann, scheiß drauf, ich bin happy. Happy cool.

19

ICH Es gibt noch einen Japaner in Köln. Diesmal nichts mit All you can eat vom Fließband. Kannst du das eigentlich, mit Stäbchen? Ich bin jetzt voll der Pro. Wann bist du wieder online? Mein Vater war sogar schon in Japan. Irre, oder?

Von Ida die ganze Nacht nichts. Habs ständig gecheckt. Tee. Lederkoloss. Jörg musste ins Büro. Logisch. Chef halt. Mir war heut nicht nach Assistentin.
Plopp. Marko.

ER Was geht, Alter?
ICH Bin in Köln!
ER Seit wann?
ICH Erzeuger kennenlernen!
ER Echt jetzt?!?!? Freiwillig?
ICH Jepp. Ist grad im Büro. Ist Architekt.
ER Wann kommst du wieder?
ICH Hab ne Halbschwester. Vier Jahre älter. Treff ich heute Abend.
ER Sag an, wenn sie scharf ist, dann komm ich rum.
ICH Spinner.

Auch die Dusche ist der Wahnsinn. Der Boden ist aus richtigen Steinen und die Brause überirdisch groß. Fühlt sich an wie Urlaub. Also richtiger. Wie man sich den so vorstellt. Urwaldregen. Oder so. Ich dusche ewig. Jörg macht sich da bestimmt keinen Kopf. Von wegen Sparen und so. Urlaubsurwaldregen-Flatrate. Nice.

Vater ist wieder da. Und arbeitet. Denk ich mal. Auf dem XL-Tisch liegen XL-Blätter.
»Habt ihr da so große Drucker. Im Büro?«
»Jaja. Plotter.«
»Und was ist das?«
»Grundriss. Von einem Haus. Gebäude. Fahrstuhl.«
»Ist der da auch kaputt?«
»Paul.«
»Frag ja nur.«
»Paul, was mich interessiert, möchtest du auch mal studieren? Du machst doch Abitur?«
»Logisch.«
Die Tür. Peng. Auf der anderen Seite des Fußballfeldes stehen zwei Möpse. Mädchen. Frau. Was weiß denn ich.
»Du bist also Paul!«
Woher.
»Klaro.«
Die sieht aus wie ein Supermodel. Jörg guckt gar nicht.
»Ich bin Emma. Deine Schwester.«
Ihre Stimme ist auch der Wahnsinn. Voll die Radiostimme. So tiefer. Sie läuft einen Bogen, wie gesagt, XL der Tisch, kommt auf mich zu und umarmt mich. Sie riecht auch noch irre gut. Nicht so nach Mutter. Nach Parfum. Ich denk an Urlaub. Schon wieder.
»Jepp.«
Ich glaub, ich hab einen Frosch im Hals. Sagt man doch so. Sie gibt Jörg ein Küsschen auf die Wange. Das macht man hier so. Muss ich mir merken.
»Guten Abend, Hübsche.«
»Guten Abend, Chef. Macht er sich wieder witzig, ähm, wichtig?«
Das ist also meine Schwester. Halb. Halbschwester. Irre.

Mann, ich steh ja nicht auf ältere Frauen, aber kann man ja mal sagen, dass sie. Sie fläzt sich aufs Sofa. Ihr Rock ist ein bisschen zu kurz dafür. Aber das sieht bei ihr überhaupt nicht billo aus. Eher so nach Plakat.
»Und? Wie gefällt dir Paps? War er nett?«
»Klaro.«
»Du bist eher ein Trappist? Na ja, von Paps kannst du das nicht haben.«
»Du übertreibst, Honey.«
»Nein, tu ich nicht. Und das weißt du.«
Ich weiß nicht, was das sein soll. Trappist. Merkt aber keiner. Wie die sich verstehen. So voll das Vorzeige-Vater-Tochter-Ding. Fuck. Ich krieg echt miese Laune.
»Und gleich Party?«
»Emma.«
»Was denn? Also du lebst in der Weltstadt Berlin?«
»Klaro.«
»Kannst du noch was anderes sagen als klaro?«
»Logisch.«
Ich muss lachen. Kann nicht anders. Ich mag sie. Ich habe eine große Schwester. Halb. Halbschwester.
»Ja, mit meiner Mutter. In nem Haus. Klein. Aber nicht weit vom Alex. Zwanzig Minuten mit dem Fahrrad. Ist ganz nett.«
»Ist Alex ein Freund von dir?«
»Nee, Mann. Alex ist ein Platz in Mitte.«
»Ah. Und das Haus? Ist es das, was du gebaut hast?«
»Gekauft.«
»Was?«
»Oh. Sorry. Das ist eins meiner größten Talente. Her with her foot in her mouth. Wusstest du nicht.«
»Was hat Andrea denn gesagt?«

»Nichts. Ist doch cool. Danke dann.«
»Nichts zu danken, war doch selbstverständlich.«
Jetzt guckt er mich so an wie eben sie. Mein Vater. Dad. Papa. Oder Paps, wie Emma sagt. Irre.
»Kommst du klar mit deiner Mutter?«
»Logisch.«
»Glückskeks. Ich mit meiner nicht, deshalb bin ich dann zu ihm.«
»Ich hatte da ja jetzt nicht so die Wahl.«
Sie zieht eine Grimasse. So wie schon wieder. So wie aua. So wie in Zitrone beißen halt. Ich mag das.
»Sorry. Ja. Ich Schrummschrulle. Rufst du uns ein Taxi, Paps? Zur Feier des Tages?«
Jörg. Was. Nein. Ruft uns echt ein Taxi. Und gibt uns jedem einen Fuffi. Einen Fuffi. Jedem. Ich tu, als wär da nichts bei. Macht Emma auch so.

Voll strange ohne Mutter am Steuer. Und auf der Rückbank.
»Ich will da nur wegen nem Typen hin. Wenn der nicht da ist oder mit ner anderen, können wir eh gleich weiter.«
»Okie.«
»Okie? Du bist ja ein echter Ossi.«
Ich glaub, das meint sie nicht böse. Nein, sieht nicht so aus. Sie knufft mir in die Seite.
»Sag doch mal jetzt. Wie ist es mit deiner Mutter?«
»Läuft.«
»Was macht sie denn?«
»Taxifahren.«
»Wie?«
»Taxi.«

»Oh. Irre. Meine macht neuerdings auf Kosmetik. Die Cremes sind gar nicht so schlecht. Eigentlich kam sie nur drauf wegen ihrem Doc. Das war ihr Letzter. Der war wirklich nett, aber viel, viel jünger als sie. War klar, dass das nicht hält. Hast du eine Freundin?«
»Nee. Also komplizierte Sache.«
»Wie kompliziert?«
»Sie ist im Urlaub.«
»Wie im Urlaub?«
»Wir treffen uns. Online halt.«
»Wie online?«
»Texten. Und so.«
»Und so?«
»Klaro, Mann.«
»Ah, verstehe. So einer bist du.«
Weiß nicht, was sie mit so einer meint. Ich muss das alles noch üben. Ich mein, ich habe noch nie mit so vielen Menschen über mich geredet wie in letzter Zeit. Das ist anstrengender als früh aufstehen.

20

Die Bude ist schon mega voll. Ich hab kein Plan, wie viele Zimmer es hier gibt. Die Musik wummert voll. Ich denk nur Nachbarn. Und Ärger. Und komm mir affig vor. Dabei. Hier. Das hier ist mal. Und die Jungs erst. Nicht so wie Alex und Co. So Kartoffelsäcke an der Pulle. Nein, die Jungs hier sind. Anders. Die Bräute sowieso. Alle trinken Zeugs aus Gläsern. Mit Obst drin und Strohhalm. Germany's next Superbraut.

»Mädels, mein Bruder. Halbbruder. Paul. Frisch aus Berlin.«

»Hallo Paul.«

Die Nächste.

»Hey.«

Und ich nur, hey. Und ja. Und hey. Küsschen. Küsschen. Nicht so Tussi. So wichtig. Küsschen links. Küsschen rechts.

»Gin?«

»Klaro.«

Und noch einer. Eine. Packt mich. Tanzt. Mach mit. Kann das nicht. Merkt keiner. Keine Platte machen. Mach ich nicht. Hammer. Alles. Alle. Wackeln. Ich wackel. Fackel. Fackel nicht lang. Dance halt. Dance dance dance. Und. Ein Typ. Ein Mikro. Was soll denn das. Der. ALTER. Rappt. Live. Fett. Hier. Der rappt wirklich. Hier. LIVE. Ich war noch nie. Hier. So da. Wie hier gerade. Emma. Wo ist Emma. AH. Noch hier. Gin. Und das nächste Glas. Da. Fein. Ihr Macker am Start. Marko. Nein. Markus. Kuss. Küssen. Die küssen sich.

»Du. Hey.«

»Lass mal.«
Die sieht auch nicht gut aus. Ich wollte doch nur mal fragen. Mann, ey, ist mir schon klar. Ich bagger doch nicht. Bin ich voll.
»Kannst du mir sagen.«
Die Nächste. Rollt mit den Augen. Wie seh ich denn aus. Was ist denn. Los. Mann, Emma. Ist mit diesem Markus. Verschwunden. Weg. Glaub ich. Ich seh sie nicht.
»Hey. Hast du ne Kippe?«
Sie gibt mir eine. Feuer. Danke. Kippe. Mann. Endlich. Kippen. Sie kippt nicht. Guckt. Starrt. Starrt meine Kippe an. Ich starr zurück. Ich kenn die doch. Eis am Stiel. Oder was. Oder ich.
Vielleicht guck ich. Komisch. Vielleicht macht das Zeug in bunten Gläsern mich echt. Wummrig. So schummrig. Mit dem Wummern. Hier. Wie laut es wummert. Wummrig. Ja, Mann. Luft vielleicht. Vielleicht sollte ich Luft.
Es ist spät. Ist es spät. Die Zahlen schummern auch so. Mein Hirn. Funktioniert nicht. Schwummert halt. Schwimmt, mein ich. Im Suff. Das ist doch scheiße, Mann. Ich bin im Treppenhaus. Ich muss mich hinhocken. Kann nicht mehr stehen. Mir ist kotzübel. Toller Einstand. Emma. Nein. Da.
»Paul. Alles klar?«
»Ficken.«
»Wird schon wieder. Ich bring dich zu Paps.«
»Lass mal.«
»Ich dich auch. Hier, trink das.«
Wieso hat die Wasser in ihrer Tasche. Check ich nicht. Ich will, dass sie geht. Rummachen. Sag ich aber nicht. Wenn ich noch ein Wort sage, muss ich kotzen.
»Schaffst dus ins Taxi?«

»Hm.«
Ich reiß mich zusammen. Taxi klingt gut. Mutter kann ja nicht. Hier. Nein. Noch ein paar Minuten. Zusammenreißen. Kann ich in aller Ruhe das Urlaubsklo. Vollreihern.
»Sorry. Kurzes Tief.«
»Ich wollte eh los. Gehts? So ein Arsch. Erst rummachen wie irre und dann weiterziehen. Männerrunde. Sagt er. Arschloch. Hätte doch trotzdem fragen können, ob ich mitwill.«
»Hm.«
»Kannst du mich mal in den Arm nehmen?«
Und dann umarmen wir uns. Nicht so paarmäßig. Wie mit Franzi. Und so. Wie Kumpels eher. Also nicht so wie zwei Typen. So, ja vielleicht, so wie man das macht, als Bruder und Schwester, und sie weint, und ich denk so Sachen wie Wird schon. Und so.

21

Bums. Wo bin ich. Fuck. Nicht bewegen. Kopf. Irgendwas ist da. Ich glaub, ich muss kotzen. Ich sollte mich nicht bewegen. Da sind. Meine Hose. Meine Schuhe. Meine Socken. Auf dem Boden aus Holz. Was für eine Nacht. Ich mein, was für ein Traum, Mann. Mir ist ein Riesenpimmel gewachsen. So ein Riesen-Mega-Turbo-Schwanz. Ein Auberginen-Schwanz. Ja. Wie eine fette riesengroße Aubergine war der. Und war der unter Druck. Mann, muss duschen. Geht aber nicht. War in der Schule. Alle Klos besetzt. Oder kaputt. So, dass man reingucken konnte. Auf einem war Marko und hat ein Bild aufgehängt überm Klo. So ein Kirchenbild. Und dann. Klausur. Mathe. Mit mega vielen Leuten. Die haben alle gar nicht in den Raum gepasst. Ein alter Typ war dabei. Überhaupt waren ganz schön viele alte Säcke am Start. Ich hatte nichts anderes im Kopf, als mir endlich einen von der Palme zu wedeln.
»Hey.«
Emma. Wie peinlich. Kommt aus dem Urlaubsbad.
»Drunk as anything, little brother. Geht es besser?«
»Jepp.«
»Ich muss jetzt zur Uni. Ich bin morgen wieder in Köln. Bist du dann noch da?«
»Klaro.«

Ida hat die Nacht noch getextet. Und ein Pic geschickt. Wie sie grad aus dem Wasser kommt. Hot hot hot.
IDA Miss you. :-*
Ich Trottel.
ICH War gestern auf ner Party. Mit Emma. Sie ist toll.

Mann, hab ich einen Muskelkater. Muskelkater. Fuck, was hab ich denn gemacht. Plopp. Doch online.

IDA Emma?

ICH Meine Schwester! Halbschwester. Überhaupt alles ganz irre hier. Ich dachte immer, Berlin wär fett. Also nur, weil das halt immer alle sagen. Dass Berlin die coolste Stadt ist. Und so. Dass alle ultra hip sind in Berlin. Und so special. Das ist aber voll gelogen. Find ich.

Sie macht die Cam an. Und peng. Wie einen Kurzen stürzen. Zack. Bam. Hellwach.

ICH Mann, siehst du mega aus.

IDA Ich muss wieder.

ICH Okie.

War das jetzt falsch. Oder was. Die macht mich wahnsinnig. Jetzt denkt die bestimmt, dass ich sie schon wieder nackt. Ab unter die Urlaubsdusche. Nur Idaschleife im Hirn. Dass das nicht so gemeint war. Dass sie aber auch so verdammt heiß aussah. So Sonne, Strand, Meer, sexy halt. Wenn sie jetzt hier wäre. Ja, Mann, mit Ida jetzt hier. Das wärs.

Bin wiederhergestellt. Geht doch.

ICH Nichts ist so special wie du! Best Pic ever! Treff jetzt meinen Dad.

Hier hat jede Sneakers-Marke einen eigenen Store. Fett. Und jedes Land ne Imbissbude am Start. Ich bleib aber Macces treu, ein Cheeseburger geht immer, und latsch weiter rum. Ödet mich gar nicht an hier. Gegenteil. Ich hab voll die Orientierung verloren. Brauch endlich einen richtigen Handyvertrag. Muss mich durchfragen. Belgisches

Viertel. Kiez sagt man hier nicht. Die Leute sind busy. Keiner sagt Verpiss dich oder Fick deine Mutter.
Peng. Da ist die Bar. Draußen ist er nicht. Logisch. Drinnen auch nicht. Ich steh dumm rum. Den kenn ich doch. Dieser Typ. Karl. Hängt am Tresen. Und labert die Grinsekellnerin zu. Geh ich halt hin.
»Du warst nie in Dubai?«
»Nein. Wie oft denn noch. Willst du noch was?«
»Mach mal. Warst du schon mal in Dubai?«
Der meint mich.
»Nee. Bin nicht von hier.«
»Ach so. Stimmt. Du bist die Gurke vom Aufzugsspezialisten, oder?«
Was will der. Aber jetzt die Biege machen ist auch affig. Ich nick nur.
»Dann Hannah. Für den Nachwuchs ne Limo und für mich n Ü18 dazu.«
Jetzt erkennt mich auch die Grinsekellnerin.
»Ach du bist das! Kommt Jörg auch noch?«
Ich nick einfach weiter und die Kellnerin textet n Typen neben ihr hinterm Tresen zu.
»Hier sind alle kalten Getränke, wenn du Nachschub brauchst. Und hier die Fässer. Kannste Fass wechseln? Ist ganz einfach, drehst hier an dem schwarzen Ding, dann ist zu, dann drehste das Ding hier ab. Zeig ich dir morgen. Wenn eins leer ist, und dann drehste das Ding hier wieder zurück. Ist klar? Sonderwünsche sind hier eh nicht.«
Sie guckt, als ob einer von uns gefurzt hätte.
»Keine Cocktails, Longdrinks ohne Schnickschnack. Vier cl, Eis, Rest drauf. Ist klar? Heißgetränke gibt es nicht. Die Maschine ist kaputt und im Sommer eh Quatsch. Kasse machen wir nicht. Hier, die Karte, kannst du dir

angucken bis morgen. Tippst du hier nur ein, wenn du abkassierst. Tip kommt ins Glas. Teilen wir dann. Ist klar?«
»Hannah, lass den Neuen doch erst mal ankommen.«
»Klar wie Kloßbrühe.«
Der zu groß geratene Teddy da kann einem schon leidtun.
»Hey, ich bin Timo.«
Er beugt sich rüber und hält mir seine Tatze hin.
Ich komm aus dem Nicken gar nicht mehr raus. Was soll ich auch sagen.
»Nicht so schüchtern, Junge. Wir sind hier nicht in Dubai.«
Der gibt meine Hand nicht mehr her.
»Schön, dich kennenzulernen.«
Einmal Tresen, Limo und Prost und schon gehört man so dazu. Easy. Nur die Hand, meine, könnte er jetzt echt mal loslassen. Stopp. Er hat das so. Das sagt er so. So. Mann, so als ob er auf mich. Wie seh ich denn aus. Ich bin doch echt nicht. Vielleicht ist das auch nur wieder mein Hirn. Zu viele Schleifen.
Jörg.
»Hey, wie schön!«
Hannah, ja, Hannah heißt sie, grinst wieder wie ein Honigkuchenpferd und guckt ihn so an. Jörg kümmert das nicht. Er ist cool. Das muss man ihm lassen, der lässt sich nicht so leicht aus der Ruhe bringen, Anmache hin oder her. Der Neue guckt mich immer noch so komisch an.
»Und. Im Büro noch alles heile?«
»Wir machen jetzt Vater-Sohn. Morgen dann.«
Jörg hat irgendwie schlechte Laune. Er knurrt nur und wir gehen raus. Mann, hat der schon genug. Von mir. Oder was. Ich mein, kann doch sein. Wir hocken uns an einen Tisch.

»Wie war dein Tag, Paul?«
»Gechillt.«
»Heutzutage kann man sich wirklich auf niemanden mehr verlassen, vier Zentimeter. Als ob ich das nicht berechnet hätte. Sollen die anderen sich die Nacht um die Ohren schlagen. Let's call it a day. Wie war es mit Emma?«
»Okie.«
»Emma hat es hinbekommen. Natürlich ist es nie einfach, wenn man in zwei Städten, an zwei Orten, ich denke, das ist in so einem kritischen Alter nur verständlich, aber nach unserer Klettertour hat sie sich gefangen. Hast du Höhenangst?«
»Wie jetzt?«
»Warst du schon mal klettern?«
»Nee.«
»Sofern ich Zeit finde, bin ich in der Halle. Auf Laos hab ich angefangen. Das war eine ergreifende Erfahrung. Das machen wir auch mal.«
Dieser Timo bringt uns Gläser.
»Du darfst nur nie nach unten schauen. Wie im Leben nie zurück.«
»Ist klar.«
Der Teddy wackelt zurück. Alles easy.
»Apropos nach vorne schauen. Wie sieht es bei dir aus?«
»Wie jetzt?«
»Du willst nicht drüber sprechen?«
»Was. Nee. Was meinst du?«
»Nach der Schule.«
»Oh. Logisch. Mal sehen.«
»Ich konnte in deinem Alter auch nicht beurteilen, ob ich den richtigen Weg gehe.«
Ich nick wieder nur.

»Textest du mit Mutter eigentlich?«
»Eine verrückte Zeit war das damals. Aber so wie man im Leben drei Karrieren hat, hat man wohl auch. Anyway.«
»Logisch.«
Wir stoßen an, voll lame, mit Coke und Saftschorle, stört mich nicht, nein, mein ja nur. Und dann sitzen wir einfach da und gucken Leute an. Laufen ganz schön viele vorbei. Jörg sagt immer mal wieder Tach. Aber keiner kommt an unseren Tisch. Er spielt die ganze Zeit an einem seiner Ringe rum. Wieso trägt der überhaupt welche. Frag ich mich. Nicht ihn. Ist grad zu nice. So dahocken. Abhängen. Chillen mit Vater halt. Das kann was. Jepp.

22

IDA WIR sind special. :-)

Schon wieder. Verpasst. Sie hat mir ne Playlist geschickt. Nice. Ihre Lieblingssongs.

ICH Wir müssen an unserem Timing arbeiten. Hab gestern Jörg noch gezeigt, was ich so zocke. Er war ziemlich beeindruckt. Wir gehen bald zusammen klettern. Hast du Höhenangst?

»Geht los, Paul. Frühstück ist fertig.«

Es läuft Mucke. So schiefes Gejammer. Auf der Aussichtsplattform ist voll das Buffet am Start. Vogelfutter. Und so Zeugs, das ich nicht kenne. Nehm was von der Marmelade. Sichere Nummer.

»Den Tee hat eine Freundin in den Alpen selbst gepflückt.«

Tee pflücken.

»Cool.«

Das kann keine Marmelade sein. Schmeckt voll bitter, sauer, nicht süß halt.

»Was sind denn jetzt deine Pläne? Für die nächste Zeit. Hast du noch Schulferien?«

»Noch n Monat frei.«

»Du musst sicher viel lernen?«

Lernen. In den Ferien. Ultra witzig.

»Wenn du Hilfe brauchst, scheue dich nicht. Du kannst mich jederzeit kontaktieren.«

Ich nick nur und schnapp mir ne Zeitschrift. Auch die ist XXL.

»Fahrt ihr noch weg?«

Als ob ich mit Mutter an die Ostsee.

»Nee.«

Auf der letzten Seite ein Interview. Gute Vorlage.
»Jetzt bin ich mal dran. Was isst du gern zum Frühstück?«
»Wie kommst du denn da drauf?«
»Hier. Interview.«
»Ah. Okay. Saaten. Samen. Früchte. Tee.«
»Was ist das älteste Kleidungsstück in deinem Schrank?«
»Der Orang-Utan wohl.«
»Was?«
»Mer muss et nemme, wie et kütt. Da kommt ne kölsche Jung zum Verrecke nit herum.«
Ich checks nicht.
»Karneval.«
Ich pruste den Tee in die Tasse. Hätt ich Jörg gar nicht zugetraut, dass er so einen auf Kasper machen kann.
»Echt jetzt? Dann zeig doch mal.«
Schon nice hier. Okie. An seinem Musikgeschmack könnte er noch arbeiten. Aber sonst. So eine Riesenbude kann was. Und ne Blumenwiese im Glas ist auch gar nicht so übel. Ich hau mir was von Jörgs Pampe auf den Teller. Alter, was ist denn das.
»Huo. Huo. Huo.«
Ein Orang-Utan. Tanzt. Nimmt den Kopf ab.
»Hat schon mein Vater getragen.«
Bam. Kein Plan, warum ich das nicht auf dem Schirm hatte. Theoretisch sind da ja noch. Ja, Mann, da gäbe es dann ja noch Oma und Opa. Irre.
»Lebt der noch?«
»Der ist in Dubai.«
Das Tier setzt sich.
»Und Oma, ich mein, meine, dann.«
»Hat es mit dem Affen nicht mehr ausgehalten und ist vor ein paar Jahren in die Staaten.«

Jörg streichelt den Orang-Utan-Kopf.
»Willst du noch einen Tee?«
Das fragt er mich. Nicht den Kopf.
»Amerika? Fett.«
Jörg sagt da nichts zu. Logisch. Er war bestimmt schon mal da.
Sein Handy klingelt.
»Da muss ich kurz ran. Verzeih.«
Sogar sein Handy ist XL.
»Nein. Das ganze Gebäude?«
Da ist wohl irgendwo die Kacke am Dampfen.
»Wie kann denn das? Das ist doch. Nein. Vier Zentimeter. Selbstverständlich nicht. Ja. Bis später.«
Nee, XXL.
»Ich glaube es nicht. Ich muss nach Hamburg. Verzeih. Aber es ist dringend. Emma kommt ja heute. Und du bleibst einfach bis morgen. Wir telefonieren.«
»Okie.«

23

Komisch hier. Ohne Jörg. Wir haben uns nur kurz. Umarmt. Ohne Tamtam. Nur so Bis später. Ohne Drama. Nice. Und. Okie. Schade. Schade ist voll das kack Wort. Ist aber so. Schade.

IDA Ich habe keine Höhenangst. ;-) Du? Schade, dass wir uns schon wieder verpassen. Bei uns gibt es gleich Essen. Pedro durfte sich was wünschen. Eine Qualle hat ihn erwischt. Und er hatte immer Angst davor. Ich habe ihm nur gesagt, dass man sich nie fragen darf, was wäre, wenn. Und dass man weinen kann, wenn es so weit ist. Das sagt mein Vater immer. Ich habe so ein schlechtes Gewissen. Sein Bein sieht schlimm aus. Es ist irre, dass so ein kleines Lebewesen so wehtun kann.

Mann. Was soll das. Wer bitte ist Pedro. Ich tippe und lösche in Schleife. Ich denk, du schwimmst da immer alleine rum. Who the fuck is Pedro. Ich hoffe, das tut weh, wenn den da ne Qualle. Miss you trotzdem. Mann. Ich lass es. Frischluft. Nice. Das Bild. Sonne tanken. Türmchen gucken. Auf der Liege hier könnte man easy zu zweit abhängen. Selfie.

»Anyone at home?«

Emma. Und bam. Sie ist wirklich der Hammer.

»Hey. Jörg musste nach Hamburg.«

»Weiß ich doch. Skinny Bitch?«

Die mit ihrem Englisch. Ich nick nur. Das ist immer eine sichere Nummer. Sie macht eines von den kleinen Dingern da auf, und, was, voll die Minibar am Start. Weird.

Ich wusste gar nicht, dass man das aufmachen kann. Aus der Kühlschranktür kommen Eiswürfel. Hat sich bestimmt Jörg ausgedacht. Emma macht einen auf YouTube-Tutorial. Wie mixe ich einen Drink mit mega viel Zeugs drin. Gelungen. Schmeckt nach nichts, aber. Peng. Drehen tut sichs trotzdem.
»Komm. Ich zeig dir meinen Lieblingsladen.«

Der Laden ist eine Bar. Voll Spiegellabyrinth und Bling-Bling. Fett. Emma kennt das Mädel hinter dem Tresen. Ich mag das. Alles. Sie. Köln. Und dieses ständig in irgendwelche Läden gehen und irgendwelchen fancy Leuten Hallo sagen. Ich dachte immer, das ist voll spießig, alt und lame. Ist es nicht.
Wir bekommen zwei Skinny Irgendwas. Na, so was wie vorhin. Das Mädel kümmert sich nicht, ob ich schon achtzehn. Praktisch, so eine große Schwester. Halb. Okie.
»Dass der auch einfach nicht antwortet.«
»Wir verpassen uns auch ständig. Nur so texten ist halt schwierig. Schick ihm ein Pic.«
»Der kann mich mal.«
Emma tut einfach so, als würden wir uns kennen. Also schon immer. Ich mein, einfach sagen, was abgeht und so. Gefällt mir.
»Stößchen. Auf deinen letzten Abend!«
Letzter. Wie jetzt. Okie.
»Wie findest du das? Ich mein alles. Ähm. Also Paps.«
»Okie.«
Wirklich letzter Abend. Oder was.
»Schön. Dass du so locker bist. Er war wahnsinnig nervös. Er dachte, das wird nur so ne. Ja. Vorwurfsnummer. «
»Logisch.«

Emma ist die ganze Zeit an ihrem Handy. Das nervt voll. Aber ich halt die Klappe.
»Wie heißt sie denn?«
»Wer?«
»Ja, die. Die nicht da ist.«
»Ida.«
»Ida. Mh. Schöner Name.«
»Jepp.«
Ich will ja nichts sagen. Große Schwester. Klaro.
»Hattest du schon mal. Mh. Eine Freundin?«
»Nee. Also ich hab schon mal. So ist das nicht.«
»TMI.«
»Was?«
»Too much information.«
»Hast doch gefragt.«
Sie macht wieder so Gesichtsgymnastik.
»Guck mal, das ist meine Mom.«
Sie zeigt mir ihr Facebook-Profil. Also das von The. Theresa Gans. Dass die noch so heißt. Theresa Gans sieht voll glattgebügelt aus.
»Nice.«
»Mag sein. Ja, hat auch lang genug dran gebastelt.«
»Photoshop?«
»Nein.«
»Klaro.«
»Hast du ein Foto von deiner?«
Mutter-Contest, oder was. Hab ich zum Glück nicht. Glaub auch nicht, dass Mutter online abhängt irgendwo.
»Nee.«
»Paps würde es nie zugeben, aber er stand so richtig auf sie. Da ist Markus.«
Dieser Typ von der Party küsst die Kellnerin. Die kleben

voll aneinander. Das sieht nicht aus wie ein normales Hallo, denk ich mal. Emma scheint das auch nicht nice zu finden. Er kommt zu uns. Sie schneidet eine ganz komische Grimasse. Obwohl, Grimasse passt nicht, sie grinst voll schief.
»Das kann kein Zufall sein. Emma. Toll siehst du aus. Wollt dir gerade antworten. Hey. Und du bist?«
Er meint mich.
»Das ist mein Bruder.«
»Wie ist es, die attraktivste Frau Düsseldorfs zur Schwester zu haben?«
»Okie.«
»Wir sehen uns später, Babe.«
»Kommt drauf an.«
Dass Emma immer so anders wird, wenn Typen dabei sind. Ob Ida auch ganz anders ist, wenn ich. Okie, Mann, kann ja gar nicht sagen, wie sie so drauf ist, also im Real Life.
Der Typ zieht ab.
»Was für ein Arschloch.«
»Ja, Mann.«
»Findest du auch, oder? Babe geht mal gar nicht.«
»Und wie die da so aneinander.«
»Magst du tanzen eigentlich?«
»Also. Hab jetzt nur den Original-Perso.«
»Ach, kein Problem. Wenn du willst, zeig ich dir meinen Lieblingsschuppen. Ich kenn den Türsteher. Und so jung siehst du jetzt auch nicht aus. Wir machen einfach einen auf Pärchen.«
Lieblingsladen. Lieblingsschuppen. Lieblingsschwester. Halb, aber hammer. Hammerhalbschwester.

Irre. War wirklich kein Thema. Da war eine mega Schlange vorm Eingang. Bis um die Ecke. Emma hat einfach meine Hand genommen, und dann sind wir vor, einen auf VIP, und rein.
Die Musik geht mir richtig auf die Pumpe. Labern kann man hier nicht. Emma holt zwei Drinks, keine Ahnung, was das ist. Wir wippen einfach. Also hüpfen, ja, Mann, tanzen halt und trinken. Mega. Ein Typ tanzt Emma von hinten an. Gut, dass ich nicht der große Bruder bin, sonst müsste ich jetzt sagen, dass er nicht einfach so, dass man das doch nicht einfach so machen kann, aber Emma stört es nicht. Voll nicht. Sie lässt ihn tanzen. Ich hab kein Plan, was ich jetzt machen soll. Emma grinst. Das sieht nicht aus wie Mach mal die Biege oder so. Weder zu dem Typen noch zu mir. Also hüpf ich. Weiter. Nice, Mann. Hüpfen macht voll happy. Mich. Happy. Genial.
Ich check nicht, welches Klo hier für wen. Voll peinlich. Ich warte in dem Gang. Wird ja irgendwann mal wer rein oder raus.
Ja. Ein Mädel kommt raus. Also die andere Tür.
»Wartest du auf mich?«
»Nein, Mann.«
»Schade.«
Voll daneben. Seh ich aus wie ein Psycho, der da vor dem Klo, oder was. Nur blaues Licht hier. Da sieht man doch gar nichts. Check ich nicht.
Sie steht immer noch da. Vor der Tür.
»Trinken wir was?«
»Okie.«
»Okie? Cool.«
Sie nimmt mich an der Hand und zieht mich zur Bar. Die muss mich verwechseln. Scheiß drauf. Emma seh ich

nicht mehr. Es ist so voll hier, dass man eh nicht wirklich was sieht. Nur Geschubse die ganze Zeit.
»ICH NEHM N CUBA LIBRE.«
Ich bestell zwei von dem Zeug. Sie denkt, dass ich zahle, denk ich mal, und ich denk, okie, kann ich ja mal machen.
»ICH BIN.«
Versteh ich nicht.
»PAUL.«
Man muss voll schreien, damit man sich versteht.
»COOL.«
Und dann nimmt sie schon wieder meine Hand. Echt jetzt, so dicht bin ich noch nicht. Ich schieb noch keine Filme. Geschworen jetzt. Sie nimmt meine Hand und macht so rum mit ihrem Finger. An meiner Hand. Was haben die denn alle mit meiner Hand. Das muss so ein Köln-Ding sein. Noch mal scheiß drauf. Soll sie doch. Und dann küsst sie mich. Echt jetzt. Einfach so. Ich komm gar nicht drauf klar. Voll Achterbahn. Ich weiß gar nicht, wie sie aussieht, denk ich nur, während wir so. Ich check gar nicht, was ich hier mache. Was sie. Irre. Wir stehen da und machen rum. Und dann stehen wir wieder rum und trinken. Und noch ein Cuba Dings. Und noch einer. Und dann machen wir wieder rum. Sie will gar nicht labern. Auch nicht tanzen. Fett.
Am anderen Ende vom Tresen seh ich Emma. Sie winkt. Aber nicht so wie Was machst du denn da. Sondern so in Zeitlupe. So KOMM MAL HER. Oder so. Nice.
Draußen ist es immer noch mega warm. Mir ist mega warm. Ich hab voll geschwitzt da drin. Ich weiß gar nicht mehr, wie sie hieß. Irre.
»My handsome little brother. Wenn das mal deine Perle erfährt.«

Emma schneidet wieder diese Grimasse. Eine ihrer Grimassen. Geht mir das auf den Sack. Mann, macht mich das, sie, aggro. Was soll der Scheiß.
»Scherz. Krieg dich wieder ein. Haben wir heut halt mal Dampf abgelassen. Muss doch keiner wissen.«
Ich nicke nur. Dampf abgelassen. Was für ein Quatsch. Okie, Ida muss das nicht wissen. Und Perle. Die spinnt doch.
»Klaro.«
Fühl mich trotzdem beschissen. Hab voll viel Patte ausgegeben. Mein ganzes Zuggeld, glaub ich. Weg. Vielleicht hab ich es auch verloren. Scheiß drauf.
»Pizza und dann schmeiß ich uns ein Taxi. Okay?«
»Klaro.«

Pizza tut gut. Wir snacken draußen. Im Stehen. Jeder einen Pappteller mit triefender Pizza. Triefend. Auch so ein Wort. Triefen.
»Was bist du denn so depri jetzt?«
»Bin ich nicht.«
Sie sieht gar nicht mehr nach Topmodel aus. Voll verschmiert, ihr Gesicht. Wieder dieses Wort im Hirn. Triefen. Ihr Gesicht. Das macht mich voll depri gerade. So triefend.

Ida. Alter, hab ich ein schlechtes Gewissen. Alles wegen Emma. Wo ist die. Logisch. Pennt schon. In Jörgs Bett. Wo ist der. Klaro. Nicht da. Ida. War online.

IDA Auf dem Weg knallt plötzlich der Reifen. Franco hat das Auto von seinem Onkel bekommen. Jetzt habe ich eine Beule am Kopf. Ich muss schlafen.

Who the fuck is Franco. Wieder Tippen und Löschen. In Schleife. Ich weiß gar nicht, wie die Braut. Was soll denn das. Was macht die denn. Seit wann fährt Ida Auto. Und mit wem. Wer ist dieser scheiß Franco. Dass das real war, einfach so, peng, ohne wie heißt du denn. Ob die das immer so macht. Ida. Mann. Schluss jetzt. Muss auch pennen.

24

Was für ein Traum. Mann. Nur Alarm. Feueralarm. Schule. Hab die Scheibe zerdeppert und den Knopf gedrückt. Und irre schwere Kartons geschleppt. Bin ich gerannt. Und diese Braut mit mir mit. Die kenn ich irgendwoher. Dann war da ein Aufzug. Wir wollten runter. Parkplatz. Aber der verdammte Aufzug hat nicht angehalten. Fuhr immer weiter. Runter. Und da waren nur alte Sachen. So Kleiderzeugs. Ganz viel Krams. Von mir. Und diese Braut. Alter. Was bau ich auch immer. Stopp. Was weiß ich, was Ida da auf ihrer Insel. Ist doch wahr, Mann. Aufstehen. Jetzt.

Da steht ein Girl. Echt jetzt. Wow. Was ist das. Mein Rhabarber. Da unten. Stopp.

»Aufstehen, Bruderherz.«

Emma. Logisch. Sie sieht so anders aus. Ohne die Farbe im Gesicht.

»Ich bring dich zum Bahnhof.«

Sie kramt im Schrank rum. Als ob das. Logisch. Ist wohl ihrer. Ihr Zimmer. Ihr Schrank. Nur so bunte Fummel drin.

»Hast du Hunger? Ich kann uns noch was. Wo ist denn. Sorry, ich bin im Stress. Bin noch verabredet. Weißt du.«

»Okie.«

Fahr ich halt. Ein letztes Mal Duschen deluxe. Scheiße, da war doch was. Die ganze Patte fürs Zugticket. Emma anpumpen kann ich nicht bringen. Nein, Mann. Kann ja einfach hierbleiben. Theoretisch. Praktisch, na ja. Emma hat das Bettzeugs, mein Bettzeugs schon abgezogen. Okie. Sie meint das bestimmt nicht anti. Kann sie ja nicht wis-

sen, dass ich nicht so busy bin wie sie. Nein, sie meint das bestimmt nicht anti.
»Hast du alles?«
»Hm.«

Wir lassen uns schon wieder chauffieren.
Das erste Mal bin ich neidisch. Denk mal, Emma kriegt die ganze Patte von Jörg.
»In zehn Minuten schon.«
Fuck. Sie meint den ICE nach Berlin.
»Ich bring dich noch zum Gleis. Ein Ticket hast du? Biste traurig jetzt, oder warum ziehst du so ne Flappe? Schön wars, Brüderchen. Wir sehen uns bald wieder, ja?«
»Klaro. Und danke.«
»Spinner. Brauchst noch was für die Fahrt?«
Ja, ein Ticket, Mann.
»Nee, passt schon.«
Und dann ist der scheiß Zug auch schon da. Sie wuschelt. Durch die Haare. Durch meine Haare. Ich denk nur Ticket und Patte und Zug und steig ein. Ich steh rum. Setz mich. Wuppertal. Die Fahrkarten bitte. Fuck. Der kommt in meine Richtung. Okie. Steh ich auf, versuch, ganz gechillt zum Klo zu latschen. Was mach ich denn jetzt. Es klopft.
»Ticket hat meine Mutter.«
Logisch. Mutter geht immer. Mann. Nächster Halt. Jetzt oder nie. Renn ich halt. Raus. Rechts. Fuck. Sackgasse. Glaub ich. Weiß nicht. Umdrehen. Da wo alle hin. Logisch. Tschuldigung. Noch schneller. Treppen. Endlich. Runter. Voll die fette Halle hier. Egal. Weiter. Raus. Scheiße. Ein Riesenplatz. Wo sind die Menschen. Hier finden sie mich. Wenn sie. Weiter. Meine Pumpe. Stopp. Okie. Wenn sie

hinter mir her wären, dann hätten sie mich doch schon. Bestimmt. Hier rennt keiner. Durchatmen. Easy.
Eine Straße. Ja, Mann, ich kann einfach ein Auto anhalten. Warum nicht. Und was auch sonst. Kann ja schlecht Mutter anrufen jetzt. Und fragen.
Da parkt jemand aus. Ein Mädel. Alo. Französin. Ich frag nicht. Ich frag nur, ob sie mich mitnehmen kann. Ein Stüg. Wo üsch in wil. Sie kan müsch mitnöhmen bis sur Altestelle. Sie meint eine Tankstelle. Warum nicht. Ging einfacher als gedacht. Läuft.
Tanke also. Daumen raus. Wollen die mich verarschen. Die sehen mich einfach nicht. Fick dich. Was guckt die denn so scheiße. Keiner fährt nach Berlin. Oder die lügen mir alle einfach eiskalt ins Gesicht.
Letzte Münzen für n Cheeseburger. Und. Die spinnen doch. Das Klo ist ein Hochsicherheitstrakt. Ohne Patte kein Einlass. Ab in den Busch. Mann. Und das alles ohne PAPIER.
Vielleicht doch zu Hause anrufen. Nein, das geb ich Mutter nicht. Wie hört sich das denn an. Zuggeld versoffen, weil ein Mädchen mit mir rumgemacht hat. Cuba Dingse, und da musst ich halt. Nein. Mach ich also weiter. Ausfahrt. Einfahrt. Zapfsäule. Wieder im Kreis. Nur Pisser. Da. Berliner Kennzeichen. Ein Typ.
»Fahren SIE nach Berlin? Such ne Mitfahrgelegenheit.«
»Ja, fein, hm. Das können wir schon machen, warum nicht. Natürlich. Nur, hm, muss ich noch kurz, hm, zu der Hütte, aber steig doch ein. Hm, ja?«
»Klaro, kein Problem.«
»Machs dir bequem, hm?«
Okie. Geht doch. Auch wenn der Typ nach Deutsch-LK aussieht. Aber wir müssen ja nicht gleich Freunde werden.

»Was treibt dich, hm, nach Berlin?«
»Kumpel besuchen.«
»Ah, ja, Kumpel, das ist schön. Wer keine Freunde hat, ja, ist nur ein halber Mensch.«
Er fährt ab. Wir fahren durch ein kleines Dorf. Halber Mensch. Was soll denn das. Jetzt sagt er nichts mehr. Bin ja auch nicht so dafür, aber so gar nicht texten ist schon weird. Noch nicht mal Mucke läuft. Oder Radio. Stille.
Wir zuckeln in den Wald. Keine Bäume an den Blättern, andersrum, egal. Schieb schon Paras, als ob ich ein Mädchen wär, so von wegen wildfremder Mann nimmt Junge mit in Wald, stopp. Bin ja kein Mädchen. Könnte trotzdem jemandem texten, wo ich, nein, ich weiß ja nicht, wo ich, wie auch, ein Handyvertrag muss her, falls ich das hier, stopp.
»Ich hoffe, hm, das macht dir jetzt keine Angst, ja.«
»Wie?«
»Nur, dass du nicht in mir den, hm, Fremden siehst, der dich mit in den Wald nimmt, ja, und dich fragt, hm, ob du Angst hast.«
Ich weiß nicht, was ich dem Irren neben mir, diesem Psycho, Geistesgestörten, ja, verrückt ist der doch, antworten soll.
Angst. Nicht zeigen. Mein Hirn.
»Nein. Steht Ihre Hütte im Wald?«
Nicht denken, was wäre, wenn.
»Ja, hm, ja, nein, in einer Senke.«
Ich schwitze wie ein Schwein. Muss Ralf mal fragen, ob das stimmt, mit dem Schwitzen und dem Schwein, jetzt, ich sollte jetzt fragen, anrufen, zu Hause anrufen, oder am besten gleich die Polizei. Ortet mich. Ich sitze bei einem Irren im Auto.

»Siehst du die Wassermühle?«
Er hält an, seh nur n großes Ding, und, ja, Blätter, jetzt sind die da, Blätter, im Fernlicht.
»Klaro.«
»Da bin ich groß geworden. Da wohnt keiner mehr. Meine Eltern sind tot.«
»Logisch.«
Meine Hand krampft, die klebt am Türgriff fest, krampft da fest, ich beweg mich nicht, lass sie da. Er rollt langsam weiter, nur Wald, kein Mensch, zappenduster, er hält an. Was will der hier.
»Hab keine Sorge, ich bin gleich wieder da.«
Ich will okie sagen, geht nicht, mein Hals, bin ja keine Memme, aber, dass das jetzt nicht nice ist, ist doch klar. Er macht Licht und Motor aus und verschwindet. Ist das da Nebel, muss ja, was sonst, Nebel vor der Scheibe, im Hirn. Meine Festplatte macht einen auf Flashlight, sonnenklar die Sache, stockfinster, sonnenklar. Das heißt nicht Flashlight, das heißt anders, Stetoirgendwas. EGAL. Ich denk an Arzt, und, dass kein scheiß Arzt mir helfen wird, kann, jetzt, später wohl auch nicht, stopp. Nur, weil er aussieht wie ein Psycho und spricht wie einer, und wir hier mitten im Wald hocken, muss er ja keiner sein. UND das kann es jetzt nicht gewesen sein, so zack, weg vom Fenster, noch nicht mal Ciao, ich mein, nein. Ich bin nur müde, schiebe Paras, einatmen, ausatmen, ein, runterfahren, kein Mädchen sein. Mädchen. Denk an Mädchen. Das ist gut. Ida. Nicht daran denken, was wäre, wenn, dann kann auch nichts, wird auch nichts.
Ich seh auch nichts. Es ist so arschfinster da draußen, dass ich ihn noch nicht mal, wenn er direkt vor dem Wagen, wenn er jetzt aus der Hütte eine Axt oder eine Knarre,

nichts würde ich sehen. Okie. Licht an, schnell aus, Tür auf, zu, laufen, nicht laufen, wohin, und wenn, weiß ich ja nicht, wo er. Scheiße. Zu spät. Tür. Handy. Ja, Mann. So tun, als ob.
»Nein, alles gut, ich denke, wir sind bald. Ja. Jetzt weißt du ja, wo ich bin, mach dir keine Sorgen.«
Bam, jetzt muss er denken, ich hab Internet. Maps. Konnte jemandem sagen, wo ich bin. Klaro. Das war ein guter Zug.
»Ich meld mich, wenn wir auf der Autobahn sind, bis später.«
Er steigt ein, sagt nichts, hat aber auch nichts aus der scheiß Hütte geholt. Fuck. Ich bin nassgeschwitzt. Und zitter. Ich hoffe, er merkt das nicht. Ich hoffe, meine Stimme zittert nicht. Keine Angst zeigen. Einfach keine Angst zeigen. Danke, Ida.
Er fährt los, sagt kein Wort. Ich auch nicht. Ich habe keine Ahnung, wie lange. Gar keine Idee.
Autobahn. Tatsächlich. Echt jetzt. Autobahn.
»Du hattest wirklich keine, hm, Angst, ja?«
Er ist ein Psycho.
»Nein. Wieso?«
»Nur so. Ich muss gerade an meine, ja, Jugend denken.«
Und wieder Stille. Ich bin so müde. Von dem ganzen Krampf. Mir tut alles weh. Ich darf jetzt bloß nicht einschlafen. Das wärs noch. Wach bleiben. Er fährt ran. Ein Rastplatz. Kein Macces. Ein Klohäuschen. Mehr nicht.
»Ich bin mal kurz, hm, für kleine Paddler.«
Ich bleib sitzen. Nur LKWs hier. Ich könnte aussteigen und klopfen. Oder einfach loslaufen. Mann, ich war noch nie gut in Entscheidungen. Denk immer zu viel nach. Er kommt wieder.
»Wo musst du genau hin?«

Scheiße.
»Hauptbahnhof oder irgendwo in der Nähe wär gut. Da werd ich dann abgeholt.«
»Noch drei Stunden, denk ich.«
Drei Stunden. Die Richtung stimmt schon mal. Es klingelt. Noch zweihundertsiebzig Kilometer. Mutter. Nein, scheiße. Ich hätte ihr nicht sagen sollen, dass ich heute komm. Heute. Es ist mitten in der Nacht. Scheiße.
»Hey, sorry, hab nicht dran gedacht. Ich bin in drei Stunden da. Mich hat ein Kumpel mitgenommen. Voll vercheckt, dir Bescheid zu sagen.«
»Ah. Okay, ich hab mir schon Sorgen gemacht. Ein Freund von Jörg?«
»Ja. Hat sich so ergeben. Sorry.«
»Also ist alles in Ordnung?«
»Klaro.«
»Gut, ich kutsche die Nacht. Wir sehen uns dann morgen früh.«
»Jepp.«
So kein Bock auf Mutter und doch so froh, Mann.
»Machen sich deine Eltern Sorgen?«
»Ja. Ähm. Nein.«
Ich schau ihn nicht an. Ich will nicht sehen, wie er jetzt so psycho grinst. Hm. Bestimmt tut er das. So Hab ich dich erwischt, so Du bist aber ein böser Junge. Er sagt kein Wort mehr. Weil der so grinsen muss, denk ich mal.
»Noch eine halbe Stunde, wenn nichts passiert, ja.«
»Klaro.«
Bin ich am Arsch.
Er hält an. Er hält echt an. Am Südkreuz. Nice.
»Dann, hm, pass mal gut auf dich auf, ja.«
»Logisch.«

Tür zu. Ich lebe. Alter, mir tut alles weh. Voll gekrampft. Stundenlang nur Türgriffkralle und bitte bitte lieber Gott. Pass gut auf dich auf, hm, ja? Psycho. Was wollte der denn. Ab in den Wald und dann. Weil ich nicht losgeflennt hab, oder was. Kann doch sein. Vielleicht steht der drauf, wenn wer Angst hat. Ja, Mann, vielleicht war es das. Korrekt. Danke, Ida. Ich renne hoch. Eine Ringbahn kommt. Falsche Richtung. Scheiß drauf. Nicht, dass der mir hinterher. Kann doch, Mann. Also einmal im Kreis. Schon wieder kein Ticket. Jetzt aber echt mal. Scheiß drauf.

25

Endlich. Homebase. Irgendwas stimmt hier nicht. Das Sofa. Steht andersrum. Weird. Mutter. Ist noch nicht da. Dieser Psycho. Fuck. Nur dieser Psycho im Kopf. Okie. Erst mal runterkommen. Setz mich. Man kann jetzt in den Garten glotzen. Freaks. Egal. Es wird schon hell. Das hier hat also Jörg uns gekauft. Jörg. Vater. Ja, Vater. Vater hat uns diese Hütte spendiert. Aggro macht mich das. Nicht gegen ihn. Gegen Mutter. Ich mein, dass sie wirklich nichts sagt. Die ganzen Jahre. Ich glaub, ich hab noch nie so einen Schiss gehabt. Dieser Psycho. Dieser Wald. Am Arsch der Welt. Die hätten mich nie gefunden. Fuck. Die Tür. Alter, meine Pumpe. Was soll denn das.

»Da bist du ja, Großer. Was hast du denn?«

Merken: Never ever Tür im Rücken.

Ich steh auf und umarm sie. Kann man ja mal machen.

»Alles gut?«

»Klaro.«

»Mir kommt es vor, als wärst du ewig weg gewesen. Wir haben dich vermisst.«

Jetzt bitte nicht Erzähl doch mal was. Was soll denn das heißen. Wir. Wer ist wir.

»Wirklich alles in Ordnung?«

Ich nick nur.

»Soll ich dir was zum Frühstück machen? Oder willst du schlafen? Bist du gerade erst gekommen? Warum seid ihr denn über Nacht gefahren? Und mit wem überhaupt? Toll, das Sofa, oder? Jetzt erzähl doch mal und lass dir nicht jedes Wort aus der Nase ziehen.«

»Sorry, muss pennen.«

»Aber wie war es denn jetzt? Bei. Jörg. Kamt ihr klar? Wie wohnt er denn? Geht es ihm gut? Jetzt sag doch mal.«
»Alles okie. Hab ne Schwester.«
»Halbschwester.«
Was klingt die denn so anti. Ist doch meine Schwester. Irgendwie. Was denkt die denn. Danke, Mann, dass du mir diesen Spacko so lange vom Hals gehalten hast, oder was will die hören.
»Dann halt nicht. Ich mach Kaffee. Du auch?«
»Gibts Tee?«
»Tee? Wie?«
»Ja. Blätter. Mit Wasser drauf.«
»Geht es dir wirklich gut?«
Die kann mich mal.
»Ich geh mich abspülen.«

Unsere Dusche ist einfach nur peinlich. Wenn ich da an Jörgs Butze denke. Voll erbärmlich hier. Jepp. Erbärmlich. Komisches Wort. Passt aber. Erbärmlich. Ich hab mir noch nie Gedanken darüber gemacht, wie das hier aussieht. Aber jetzt. Wie das Ida wohl findet. Wenn sie mal hier. Wenn sie mal auftauchen sollte. Ich mein, kann doch sein. Später. Nach den Ferien. Ja, Mann. Ida. Jetzt. Hier.

Ab in den Keller. Rechner. Sie hat geschrieben. Nice.

IDA Ein Rätsel: Da sitzt jemand in der Kirche und durch die kaputte Scheibe scheint die Sonne auf sie. Was bedeutet das? A: Gott hat was Besonderes mit ihr vor. B: Ihr geht ein Licht auf. C: Oder wo bist du? Meinem Kopf geht es übrigens besser.

Fuck. Nicht online. Mann.

ICH C: Ich bin in Sicherheit! Bin getrampt. Der Typ war

ein Psycho. Er ist mit mir in den Wald und wollte mich in seine Hütte locken. Hatte kein Plan, wie ich da wieder raus. War ja dunkel. Nur diese Hütte. Sonst nichts. Hexe und Hänsel. Aber ich bin cool geblieben. Alles gut. Hattest du schon mal so richtig Schiss? Egal. Bin wieder da und bleib hier hocken, bis du online kommst!

Noch nie, never, so im Eimer gewesen. Dieser Psycho. Und diese Tür. Da steht jemand, fuck, da steht jemand hinter der Tür. Ich kann keinen Move machen, die Tür, Scheiße, die geht auf. Ich kann mich einfach nicht bewegen. Will schreien. Versuch es. Geht nicht. Augen auf. Kann ich nicht. Krieg die einfach nicht auf. Vielleicht geht das nie wieder. Kann doch. Vielleicht wach ich nie wieder auf. Fuck. Wo bin ich. Ida. Rechner. Logisch. Eingepennt. Hinlegen.

26

Dieses Poster an der Wand. Ich bin doch keine sieben mehr. Und überhaupt. Alles voll mini. Mein Bett erst. Viel zu klein. Und dunkel ist das hier. Ab nach oben. Diese Kellertreppe. Mann, ist das winzig. Alles XS.

Mutter schläft. Denk ich mal. Egal. Küche. Kaffee.

Und kein Plan. So gar keine Idee. Steh nur da. Guck raus. Geh raus. Alles wie immer. Der Neuenkirchner mit seiner Sauerstoffflasche. Ich winke zurück. Kann man ja mal machen.

IDA Ich freu mich so, dich endlich zu sehen!

Sie hockt draußen. Wie jetzt. Man sieht das Meer hinter ihr. Irre.

ICH Jepp. Ist ja voll der Trubel da bei dir.

Und ich hier in meinem Kellerloch.

IDA Mikro?

Wie jetzt.

ICH Okie.

»Warum bist du denn getrampt?«

Eine Pickelfresse kommt ins Bild und winkt. Was soll denn das. Er sagt was. Ida auch. Versteh die nicht. Italienisch, oder was.

»Das ist Pedro. Er will wieder Musik hören.«

Sie schubst ihn. Ich seh ihn nicht mehr.

»Er sagt, du sollst vorbeikommen.«

»Klaro. Wer ist der denn?«

»Mein Cousin.«

»Ach so.«

»Dachtest du etwa?«

»Quatsch. Nein.«
Jetzt bitte keine rote Rübe.
»Du bist süß.«
Süß. Auch das noch.
»Aber die Idee ist doch toll. Das wär so schön. Du. Hier. Warum nicht? Mein Bruder hat auch immer irgendwelche Freunde angeschleppt.«
Irgendwelche Freunde. Das klingt nicht nice.
»War ja nur so eine Idee. Wenn du nicht magst.«
»Nein. Ich mein, klaro. Dann komm ich vorbei.«
Real Life. Mit Ida. Hilfe, meine Pumpe. Einatmen. Ausatmen. Und nicht sabbern.
»Mein Großvater hat ein Boot, mit dem können wir rausfahren.«
Und dann um die Wette schwimmen, oder was.
»Logisch.«
»Wir müssen ja nicht reinspringen.«
Ich hab wirklich noch nie jemanden so nice lachen sehen.
»Und man kann super tanzen gehen.«
»Okie.«
»Und wenn es dunkel ist, zeig ich dir meinen Lieblingsplatz. Da kommt abends keiner hin. Man muss nur über ein Tor klettern.«
»Ist es nachts kalt?«
»Und wenn. Dann müssen wir halt ganz nah zusammenrücken.«
»Klaro.«
Ich kann nicht anders. Muss grinsen wie ein scheiß Honigkuchenpferd. Kann da nichts machen.
»Das ist romantisch!«
»Ich bin ja nicht der Romantik-Pro, aber das klingt schon nice.«

Voll wieder Frosch im Hals. Und da ist schon wieder dieser Pickelpedro im Bild. Mann.
»Ciao Paul.«
Wie Ciao. Ich glaub, es hackt.
»Er nervt. Bis später, ja?«
»Logisch.«
Offline. Okie. Dann fahr ich eben hin. Sag ich halt Ciao.

27

»Großer. Wir müssen reden. Setz dich. Weißt du. Kannst du dir auch vorstellen, dass wir hier zu dritt leben?«
Wie. Ida, Mutter und ich, oder was. Ich glaub, es hackt.
»Paul? Ralf und du. Ihr hattet doch einen guten Start.«
Stopp. Was meint die denn.
»Und jetzt, wo du deinen Vater kennengelernt hast, haben wir uns überlegt, das Haus ist ja groß genug, ob wir nicht zusammen. Wir kennen uns ja auch nicht erst seit gestern. Und da hat der Ralf, da haben wir uns überlegt, der Ralf und ich, ob der Ralf nicht, hier, mit uns, ich und du. Das haben wir uns überlegt. Ja.«
Die will mich verarschen. Die Robbe. Sie. Und ich. Hier.
»Überleg dir das in Ruhe. Ralf hat seine Wohnung gekündigt. In vier Wochen ist er dann. Hier.«
»Logisch.«
Die Tür. Fuck.
»Ach, da bist du ja, Mausibärchen. Was gibt es denn Leckeres? Wir haben gerade über alles geredet.«
Hat die dem einfach einen Schlüssel, oder was.
»Zur Feier des Tages Giraffe. Scherz. Ja, Kumpel. Wir werden das Kind schon schaukeln.«
Er hält mir die Faust hin.
»Klaro.«
Die spinnen. Fahr ich halt. Zu Ida. Dann können die hier in Ruhe Mutter, Vater. Stopp. Dann können die hier in Ruhe einen auf Mausibärchen machen.
»Bring das mal raus, Großer. Ralf hat deinen Lieblingssenf mitgebracht. Und das hier. Ich weiß auch nicht, was das ist.«

Grüne Matschepampe. Bestimmt aus dem Zoo. Was solls, hab Kohldampf.
»Toll, Junge. Danke.«
Er wirft, nein, das gute Fleisch, in das grüne Zeug. Alter.
»Und? Wie war es in Köln?«
»Okie.«
»Ich find es super, dass du deinen Vater getroffen hast. Ich hab meinen nie kennengelernt. Der war damals bei der Hockeynationalmannschaft. Hat meine Mutter trainiert. Aber nur einen Sommer lang. Macht dein Vater Sport?«
Geht den doch nichts an.
»Weiß nicht. Klettern.«
»Baut er so hohe Häuser? Scherz. Seht ihr euch wieder?«
»Wie?«
»Na, ob du Jörg noch mal triffst. Lass dir doch nicht jedes Wort aus der Nase ziehen.«
Mutter ist mal wieder super drauf.
»Lass ihn doch.«
Macht der jetzt einen auf Erziehungsberechtigter, oder was. Der kann mich mal.
»Kann sein.«
»Wie wars denn jetzt?«
»Mein Zimmer war so groß wie unser Haus.«
»Du übertreibst.«
»Nein.«
»Na ja, er war ja schon damals ziemlich gut bei Kasse.«
»Sonst hätte er uns wohl nicht die Bude hier geschenkt.«
Scheiß auf anti Konflikt. Wenn die mir so kommt, dann bitte.
»Er hat euch das ganze Haus hier, alles, so richtig geschenkt? Auf einmal? Das Haus?«
»Aber das ist doch ewig. Ewig ist das her.«

Ich check nicht, warum Mutter so genervt ist. Ralf sollte seine Luke schließen, sonst kriegt der noch ne Rauchvergiftung.
»Geschenkt? Was heißt denn geschenkt?«
Er hustet schon.
»Dass es mir gehört. Also hat dir das Jörg erzählt. Klar.«
»Nein, Emma.«
»Ah. Emma. Dreh mal die Würstchen.«
»Ja.«
»Und? Was macht die?«
»Studiert. In Düsseldorf.«
»Ah. Studiert? Nein, ich mein doch die, ihre, ihre Mutter. Ist er noch mit der?«
»Wie?«
»Ob er allein lebt. Jetzt stell dich doch nicht dümmer, als du bist.«
»Mausibärchen, von wem redet ihr denn?«
Freakshow.
»Ich check den Kühlschrank.«
Sag ich nicht nur, tu ich auch und schnapp mir eine Pulle. Anders ist das ja nicht zu ertragen. Die nicht.

»Ewig, das ist doch. Ewig ist das doch. Erzähl ich dir ein andermal. Lebt er allein, der Jörg?«
Ralf und Mutter sitzen vor ihrem Stück Giraffe.
Jetzt tun sie mir leid. Voll daneben, Mann, aber ist so. Die geben sich ja Mühe. In ihrer Welt.
»Logisch.«
Schmeckt nach Rind. Back to anti Konflikt.
»Und bei euch so?«
»Junge, am Wasser ist es doch immer am schönsten. Einfach mal die Flossen und die Seele baumeln lassen. Das

nächste Mal musst du mitkommen. Toll war das. Und wenn du mal Lust auf Tierpark hast, sagst du einfach Bescheid. Kommst umsonst rein. Kannst deinen Freund natürlich mitbringen.«
Freakshow zweite Staffel.
»Das ist doch eine tolle Idee. Das könntet ihr Männer doch mal machen.«
Die sind echt so was von von einem anderen Stern. Männer. Als ob ich mit Marko in den Streichelzoo. Die spinnen.
»Wollt in den Ferien noch nach Sizilien.«
»Wohin?«
Fuck. Das hieß doch Sizilien. Klaro.
»Sizilien.«
»Nuschel doch nicht so. Mit wem? Wieso? Was?«
»SIZILIEN.«
»Das ist doch toll, Junge. Da war ich mal, als.«
»Lass mal jetzt, Mausibär. Mit Jörg, oder was?«
»Nee. Ne Freundin besuchen.«
»Eine Freundin? Auf Sizilien? Wie denn das?«
»Super, Kumpel.«
»Ralle, lass uns mal. Du kannst doch nicht einfach, alleine, nach, wohin überhaupt?«
»Sizilien, Mann.«
»Das muss man, das weiß ich jetzt auch nicht. Wie heißt sie denn? Woher kennt ihr euch denn? Und überhaupt. Seit wann geht denn das schon?«
»War nur so ne Idee. Ich frag erst mal, wo genau.«
Schnell noch ein Stück und ab in den Keller. Ich hätte bei Jörg bleiben sollen.

28

Marie wohnt am Arsch der Welt. Egal, wir fahren unser Rennen. Und dann hab ich kein Bock mehr und lass Marko ziehen. Man hört die Mucke schon, bevor man das Haus sieht. Ein Riesenklotz die Hütte. Marko schließt sein Bike mit zwei Schlössern am Zaun an.
»Sicher ist sicher.«
Wir latschen ums Haus rum. Er macht einen auf Mein Tor, meine Garage, mein Garten.
Double Take. Blockbuster. Ein Pool. Echt jetzt. Ein richtiger Pool mit Loch buddeln, Fliesen drauf und Wasser rein. Wusste gar nicht, dass die so viel Schotter hat. Drumherum Liegestühle. Bräute drin. Logisch. Ein paar Gurken planschen. Hinten, wie weit geht denn das, irre, spielt irgendwer Federball. Freiwillig. Aber im Bikini.
Eine, hä, das ist, ja, echt jetzt, Marie.
»Cool, dass du auch zu meinem Barbecue gekommen bist. Möchtest du einen Aperitif?«
Apewas. Sie hat sich grüne Glitzerstriche über die Augen gemalt. Was soll denn das. Und umarmt mich kurz. Und unter die Augen auch. Und riecht nach. Weiß nicht. Urlaub. Das denk ich in letzter Zeit ziemlich oft. Urlaub. Vielleicht sollte ich wirklich nach Sizilien.
»Wo warst du denn? Das hat ja ganz schön lange gedauert. Wir warten alle.«
Marko sagt nichts. Der hat Nerven. Und gibt den, echt jetzt, Barkeeper, oder was. Marie zieht ab zu ner Runde Mädels. Die stehen im Kreis, wippen zur Mucke und sehen voll nach Abiball aus.
»Was willst du?«

Marko nimmt sich ein Bier.
»So was. Dass das hier so ne fette Party ist. Hammer.«
»Normal.«
»Logisch.«
Okie. Mach ich halt auch einen auf Gewinner. Wenn Marko das kann. Und überhaupt.
»Schaut mal, wer endlich da ist. Wenn ich vorstellen darf. Marko. Paul. Und das ist die Helen vom Tennis, die Lene aus Potsdam, irre, ist den ganzen Weg nur für die Party, das ist Lia, wohnt nebenan, und wir alle haben großen Durst.«
»Gibt es Gurken?«
»Wir können Gin Tonic auch ohne. Dann nimm halt Zitronen. Jetzt mach.«
Marko sieht echt aus wie ein Profi. Angeber. Aber Marie. Voll daneben. Ihr Gezicke.
»Hier, Mädels, weg damit.«
Jetzt stehen auch die Jungs Schlange. Alex und Co.
Muss an Emma denken. Und an Jörg. An Ida. Logisch. Ich denke halt. Daran, wie easy es sein kann. So wie es einem geht und was man gerade für Gedanken schiebt. Und überhaupt wie easy Life sein kann. Marie glotzt rüber. Okie.
»Mein Vater ist mega korrekt, die Bude über Luxus, und Mann, ich hab Verwandte in Amerika, Alter, und meine Schwester, die ist echt die heißeste Braut ever. Und ich fahr nach Sizilien.«
»Cool. Meine Eltern kommen morgen erst wieder.«
»Hast du eine Badehose dabei, Digger?«
»Hat mir ja keiner gesagt, dass man für die Party hier ein Seepferdchen braucht.«
»Du bist echt lustig. Hätte ich gar nicht gedacht.«

Was guckt die denn so. Was will die denn jetzt. Ich schnapp mir auch so ein Ohne-Gurke-Ding.
Eine, die nicht in Hacken laufen kann, kommt, na ja, tapst, auf uns zu, und, nein. Peng. Das ist Franzi.
»Was machst du denn hier?«
»Seepferdchen.«
Sie hat auch grüne Glitzerstriche im Gesicht.
»Cool.«
Sie schnappt sich einen Drink und wirft sich Alex an den Hals. Logisch. Mehr Makeup als Hirn.
»Was geht mit Ida, Digger.«
»Ich such mal ne Badehose.«
»In der Hütte neben dem Grill.«
Echt jetzt. Okie, dann halt Badehose.
Schon eine fette Bude hier. Lass mir aber nichts anmerken. Mein Alter wohnt in einem Turm, ich mein, da kann dieses Spießerimperium eh nicht mithalten. Stimmt doch.

Als es richtig dunkel wird, hockt Marko neben mir. Am Pool. Die Kinder drin spielen jetzt Wasserball. Mit nem Fußball. Auf der Pulle steht Montenegro. Ich hab Erdkunde abgewählt. Marko spart sich das mit dem Dekokrams. Nur zwei Minigläser, die er ständig nachfüllt. Mini. Muss schon wieder an Ida denken. Und Sizilien. Okie, tu ich die ganze Zeit. Die Musik wummert jetzt richtig, aber Marko hör ich noch.
»Meine Ma ist wieder da. Also die ganze Zeit.«
»Die aus der Klinik?«
»Mann, Digger. Sie ist nur am Aufstand machen. Und heult. Und meinen Alten macht das ultra aggro.«
Ich nicke nur. Ich mein, was soll ich da auch. Aggro. Was

heißt das denn. Schlägt der die, oder was. Aber das kann ich ja schlecht fragen jetzt. Da kommt die Oberzicke.
»Komm, tanzen.«
Sie meint Marko. Logisch. Der geht mit. Ich auch. Tanz aber nicht. Die tanzen auch nicht. Die fummeln nur. Ich fummel nicht. Nein, Mann. Der Scheinwerfer ist viel zu hell.
Wippen, tanzen, nicken, nippen. Und dann. ALLE hüpfen in den Pool. Scheiß auf die Badehose. Ich AUCH. Rein da. Raus. Wieder rein. Mein Hirn. Und meine Sachen. Alles nass. Und das Krokodil ist kaputt. Mann. Die Idioten. Die Luft ist raus. Das Krokodil ist tot. Das macht mich echt depri. Das Krokodil geht den Spackos am ARSCH vorbei. Hüpf ich halt nicht mehr. Die sehen mich eh nicht. Steh immer noch am Rand. Unterm. Nee. Ist nicht mehr. Die haben das Dach, das Ding, über mir, DEMOLIERT. Mit dem Ball. Federball. Nein. Fußball. Logisch. Die hüpfen immer noch. Das arme Krokodil. Wer nicht hüpft, macht rum. Ich hüpf nicht. Mach nicht rum. Logisch. Wenn Ida jetzt hier. Ob die auf ihrer Insel auch Barbedings macht. Und dann ist es plötzlich still. Echt jetzt. Und Marko schreit. Nein. Marie schreit. Die schreit Marko an. Hat die eine Stimme. Marko ist auch ganz nass. Und aggro. Alex auch. Einer schubst den anderen. Jetzt brüllen alle. Marko geht. Sieht mich nicht. Ich mach auch mal lieber anti Konflikt. Und dackel hinterher.
Der kann doch so nicht auf sein Bike. Ich mein. Der muss das doch erst mal abschließen. Aufschließen.
»Die können mich alle mal. Du kannst mich mal.«
»Komm mal klar.«
»Verkackt.«
Marko ist voll am Wanken.

»Lass schieben.«
»Willst du mich verarschen?«
Marko steigt auf. Ich auch. Wir kriegen es nicht hin. Fliegen voll auf die Fresse.
»Verkackt.«
»Ja, Mann. Schieben. Gehts?«
Muss voll lachen. Marko nicht.
»Klar tut das weh. Tut alles weh. Scheiße.«
Er versucht nicht noch mal aufzusteigen. Ich auch nicht.
»Mach den kalt.«
»Gleich.«
»Fertig mach ich den. Was mischt der sich da. Geht den nichts an.«
Wir schieben ewig.
»Scheiße.«
»Jepp.«
»Weiß nicht, was ich da. Was soll ich denn.«
»Mit Marie?«
»Mein Alter.«
»Okie.«
»Meine Ma.«
»Wie?«
»Sie sagt immer nur, dass er. Sensibel sagt sie.«
»Wer?«
»Und nicht einfach. Schwierig sagt sie. Kompliziert.«
»Logisch.«
»Das ist doch scheiße.«
»Ja, Mann. Das ist echt. Kompliziert.«
»Du bist echt. Ich kann nicht mehr.«
Er hockt sich hin. Echt jetzt. Er hockt sich einfach hin. Ich setz mich zu ihm. Bringt ja nichts.
»Du bist echt. Freund. Steh nicht mehr auf.«

Er kotzt. Mann. So n Strahl. Ich kann da nicht hingucken. Widerlich. Wir rücken ein Stück vom Kotzhaufen weg.
»Gehts?«
Anscheinend nicht. Wir rücken wieder. Ich muss mich voll zusammenreißen, nicht mitzureihern.
Kein Plan, wie lange wir hier hocken. Und wie oft wir rücken.
»Weißt du. Du. Ich find dich.«
»Ja, ist gut, Mann. Lass mal versuchen.«
Es geht irgendwie. Wir schieben den ganzen scheiß Weg. Bis zu mir.
»Der macht mich fertig. Kann da nicht. Fertig macht der mich. In die Fresse.«
»Komm, du pennst bei mir.«
Ich kann ihn ja schlecht vor der Tür. Ich mein, bleibt mir ja nichts anderes übrig.
»Supidupi.«
Marko steuert das Sofa an, lässt sich einfach fallen, die Palme wackelt. Palme. Seit wann steht hier eine Palme.
Marko bewegt sich nicht mehr.
Okie, dann ab in den Keller. Gut, dass da so ein Ding ist, wie heißt das denn, Geländer, nee, Stange, da, zum Festhalten.

29

Diese Mücke. Da war eine. Ehrlich. Die Nacht. Mein ganzer linker Arm. Zerstochen. Ich hab gekratzt wie ein Irrer. Das war eine Bitch. Ich konnte sie nicht hören. Hat nur gestochen, das Vieh.
Aber da ist nichts. Nein, Mann. Kein einziger Stich am Arm. Ich war doch wach. Echt jetzt.
Ida hat mir n Link geschickt. Direkt am Wasser, die Bude. Logisch. Wusste ich ja. Aber das so auf Maps zu sehen ist ne andere Nummer.
Cool, jetzt da hinzufahren. Vermissen ist ein kack Wort. Ist aber so. Vermiss sie. Scheiß drauf. Logisch, klingt voll übertrieben. Aber das ist so. Sie ist so. Ganz nasse Pfoten und ab die Pumpe, wenn ich mir vorstelle, dass wir uns bald sehen. Wiedersehen. So voll real. Was, wenn wir uns im Real Life nicht abkönnen. Kann doch. Mann. Fuck. Marko. Voll von der Platte gelöscht. Muss hoch. Wenn der das Sofa vollgereihert hat. Alter.

»Großer. Da bist du ja. Wir müssen das alles noch vorbereiten.«
»Sizilien.«
»Nein, nicht jetzt. Es ist noch so viel zu tun. Wir reden nach der Party. Ich weiß noch gar nicht, was ich anziehen soll.«
»Party?«
»Ich wollte reinfeiern. Du hast doch meinen Ehrentag nicht vergessen, Großer.«
Rein was. Fuck. Voll vergessen. Mutters Geburtstag. Morgen. Sie hat noch nie gefeiert.

»Wo ist denn Marko?«
»Jemand zu Hause? Woher soll ich denn wissen, wo Marko ist. Hilfst du uns?«
»Okie.«
»Okie was? Ja oder nein?«
Wie ich das hasse, wenn sie mich nachäfft.
»Bin dabei.«
»Wir müssen den Neuenkirchners Bescheid geben.«
»Wie?«
»Wegen der Musik. Ralf macht Musik.«
Wusste ich es doch. Der Öko steht auf Gartenpartys mit Musik. Ich denk mal, der meint Grillen mit Vintagemucke.
»Hilfst du mir mit den Stühlen, Kumpel?«
»Wie?«
»Die müssen in den Garten, Großer. Manchmal hast du aber auch eine lange Leitung.«
»Okie.«
Ich reiß mich zusammen, nicke und trage mit ihm die scheiß Stühle raus. Und den Tisch. Mich nervt die Aktion. Muss Ida texten. Dass wir das erst morgen mit Sizilien. Er führt sich auf, als wär das sein Garten. Spast. Und außerdem voll übertrieben. So viele Leute kennt Mutter gar nicht. Aber ich halt die Klappe und trag noch brav zig Kästen und Kartons rein.
Mutter hat sich schon fünf Mal umgezogen. Macht die sich eine Platte. Ralf sagt nur immer so Schmus wie Du bist in jedem Fummel die Schönste, Mausi. Kein Kommentar.
Immer wenn ich mich der Kellertreppe näher, fällt denen noch was ein. Lichterketten. Kerzen. Grillkohle. Und noch mehr Fleisch. Knoblauchbutter. Eiswürfel. Echt jetzt. Eiswürfel in Tüten.

»Warst du schon nebenan?«
Will die mich verarschen.
»Paul, jetzt lass dich doch nicht tausendmal bitten.«
»Okie.«
Mach ichs halt. Keiner da. Läuft. Ab in den Keller. Endlich. Ida texten.
Es klopft.
»Was denn?«
»Kann ich die Torte bei dir unterstellen?«
»Hä?«
»Ist eine Überraschung.«
»Okie.«
So ein Riesending. Er muss Mutter echt mögen.

30

IDA Hey! Hab die Nacht durchgemacht. Bin noch voll neben der Spur. :-(

Wie jetzt.

IDA Hast du schon gepackt? :-))

ICH Hier ist voll Alarm in der Bude. Musste den ganzen Tag den Hiwi machen.

IDA Wie?

ICH Geschleppt, geklingelt, geschnibbelt.

IDA Gepackt?

ICH Meine Mutter schmeißt ne Party. Hat morgen Geburtstag. Dann wird Sizilien klargemacht. Teile dir meine Ankunftszeit mit.

IDA Mit dem Flieger?

ICH Klaro. Der Macker von meiner Mutter macht heute einen auf Band. Mit zwei Kumpels. Ben und Benni. Haben den Kram in den Garten gekarrt. Und sogar das Sofa rausgestellt. Freaks.

IDA Muss los. Will noch schwimmen. Schick ein Video von der Musik!

ICH Okie.

IDA Freu mich, wenn du kommst! Bacio. :-)

Im Garten fummelt die Seniorenband an Bass und Verstärker rum. Band ist übertrieben. Die zwei. Na ja. Gestalten. Typen. Ben und Benni. Und Knuffelmausibärchen halt. Gut klingt das nicht. Einer von Mutters Kollegen, Kai Zwo Sechs Null, karrt ein Bierfass an. Echt jetzt. So ein richtiges Fass. Der dicke Dieter sagt, ich soll den Hahn reinhämmern. Okie. Mach ichs halt. Ewig dauert das.

Und dann soll ich auch noch zapfen lernen. OKIE. Lern ich halt. Ist ja Mutters Geburtstag.
»Weißt du, wer ich bin?«
Eine Frau mit kurzen roten Haaren schnappt sich meine Hand.
»Du bist so groß geworden. Nein. Ach, wie die Zeit vergeht. Ich kenn dich noch, da warst du so.«
Sie lässt meine Hand endlich los und zeigt n halben Meter.
»Guck mal Doris. Das ist der Paul.«
Winke winke und ran ans Fass.
»Jetzt machen wir sie platt, die Bayern.«
Dieter schlägt oben noch ein Ding ins Fass.
»Klaro.«
»Weil wir eisern sind.«
Der weiß doch, dass mich Fußball null komma nix interessiert. Und trotzdem redet der immer weiter. Dann macht die Band Krach. Ben oder Benni brüllt ins Mikro. Eieiei. Der Neuenkirchner steht hinterm Zaun. Und atmet. Noch. Dann ist wieder Stille.
»Früher wurden wir immer beschissen. Weißt du. Ich sag es dir. Man muss nur dran glauben. Das ist es. Und das Herz am richtigen Fleck haben.«
Endlich schiebt er mit dem Tablett ab.
Diese Doris macht eine Flasche Sekt auf. Es schäumt voll. Jetzt sind sie alle da. Die Chorfrauen. Und juchzen. Und, nein, johlen. Happy Day. Und klatschen dazu. Kein Kommentar.
»Mach mal noch eins. Ich bin fix und fertig.«
Ben oder Benni holt Nachschub.
Irgendwelche Spackos hupen um die Wette. Was soll denn das. Mutter tanzt vor die Tür. Ich dackel hinterher. Taxikollegen. Logisch. Die kommen rein. Und, nein.

»Das ist Paul, mein Großer.«
Als ob sie noch einen Kleinen hätte. Fast verschluckt. Schnell hinters Fass.
Vielleicht mach ich mal was mit Tresen. Das ist gar nicht so schwer.
Alter. Die hätten ja mal ne Ansage machen können. Ist das laut. Und wie Ralf da auf das Schlagzeug eindrischt. Hätte ich ihm gar nicht zugetraut. Alle grölen mit. Keine Ahnung, was das sein soll. Sogar der Neuenkirchner wippt im Takt. Ich films. Mutter tanzt mit einer. Die geben sich die ganze Zeit Küsschen.
Nach dem Song löst Ralf den Typen am Grill ab. Keine Ahnung, wer das ist. Er hat schwarze Zähne. Echt jetzt.
»Toll machst du das, Großer.«
Mutter wuschelt mir durch die Haare, und, nein, Riesenschmatzer auf die Wange. Ich sag nichts. Schnapp mir ne Wurst. Dieser Senf. Alter. Der kann was.

ICH Hier die Band in Aktion. Können gut Krach machen, die Freaks. Aber eine Party ist das noch lange nicht. Schick mal ein Pic von dir.

Wer schreit denn da so. Fuck. Die Tüte mit der Kerze drin brennt. Echt jetzt. Kai Zwo Sechs Null wirft sich auf das Teil. Dieter hat sein T-Shirt ausgezogen. Warum.
Ralf ist wieder bei Ben und Benni. Die Chorfrauen belagern das Sofa. Ich hock mich in ne Ecke. Das Fass ist leer. Obereklig. Da hat jemand in den Pudding geascht. Mann. Eine dicke Nudel neben mir guckt ganz traurig auf ihren Teller. Jetzt singt Ralf auch noch. Autsch. Obwohl. Klingt jetzt nicht schief. Find es trotzdem peinlich, wie der da einen auf Popstar macht. Kenn den Song nicht. Logisch.

Hör nur immer wieder Andrea. Er schaut Mutter an. Mutter ihn. Okie. Glupscher auf halbmast und NICHT im Takt nicken.

ICH Warst du schon online? Ich wurde ewig zugelabert. Mutters Ulrike ist da. Ich dachte immer, das ist nur so ne Nummer. Aber es gibt sie wirklich. Sie kennt sogar Sizilien! Hat von Palermo die Fähre nach Afrika genommen. Irre, oder?

So zehn neun acht und so weiter. Alle schreien mit. HAPPY BIRTHDAY. Ralf hat seine Torte hochgeholt. Mit Wunderkerzen drauf. Mutter feierts mega ab. Ich films. Ida wird das bestimmt gefallen. Alle stehen Schlange, um Mutter zu umarmen. Weird. So viele Menschen. Die Bude war noch nie so voll. Okie. Vielleicht damals. Die Party mit Franzi und Co. Aber wir haben lange nicht so einen Krach gemacht. Dieter ist wieder mit dem Tablett unterwegs. Schnaps für alle. Die Band macht Pause.
Bacio heißt Kuss. Sagt Google. Ida ist immer noch nicht online. Ich schick ihr ein Pic von der Torte.
Und schon wieder Ulrike. Schön, dass es sie gibt. Freut mich. Aber dieses Gezwinker. Die ganze Zeit. Die hört einfach nicht auf zu labern. Und zu zwinkern. Schlafen am Strand, Wein, Vulkan, Erdbeben, Sonne unter, Sonne auf, zwinker zwinker.
Will grad weg, sagen, dass ich pennen muss, da geht es voll ab. Alter. Plörre, Eimer, vom Himmel. Platzregen. Mega. Alle rennen panisch rein. Die drei Bergziegen retten die Instrumente. Ich sicher die Päckchen. Sind das viele Geschenke. Irre. Ich muss auch mal so ne Party machen. Und Mutter. Mutter hockt immer noch auf dem Sofa. Ralf

setzt sich zu ihr. Ich hab Mutter ewig nicht so happy gesehen. Ist ihr völlig latte, dass das Sofa nass wird und der ganze Kram. Völlig schnitte. Jahrelang die Turboausraster wegen ein paar Krümeln auf dem Teil, und jetzt das.
»Komm, Großer. Setz dich zu uns.«
Sie spinnt.
»Es regnet, Mutter.«
»Auch Seemänner fallen mal ins Wasser, Junge.«
Freak.

Drinnen klimpert der Bass. Die dicke Nudel. WIDERLICH. Macht mit Ben oder Benni rum. Oder beiden. Die sind doch viel zu alt. Peinlich ist das. Der Chor johlt. Dieter macht den Dirigenten. Die Palme hält sich an Ulrike fest. Zwinker zwinker. Ralf holt Handtücher und klopft mir auf der Schulter rum. Ich lass ihn.
Mutter sitzt immer noch draußen. Im Regen. Auf dem Sofa. Und guckt irre. Klaro. Zweiundvierzig ist ganz schön alt.

31

Ida war nicht online. Macht die wieder durch, oder was. Egal. Ich könnt ja schon mal packen. Nein. Ticket. Mutter. Logisch. Alter. Wie sieht das denn aus. DEMOLIERT. Und da. Mittendrin Ralf.
»Moin.«
»Morgen. Wo ist Mutter?«
»Weißt du, Junge, Männer in meinem Alter brauchen nicht so viel Schlaf. Das ist bei Frauen anders.«
»Wie?«
»Andrea schläft. Setz dich, Junge. Ich hol Kaffee. Nicht da hin. Das Sofa ist noch nass.«
Der tut so, als ob das sein Haus wäre.
»Hier. Vorsicht. Ist heiß. Das war doch mal ne Sause, oder? Und dann endlich wieder gemuckt. Früher haben wir das auch auf der Straße gemacht. Wir haben nicht viel gebraucht, um uns durchzuschlagen. Von der Hand in den Mund. Das waren noch Zeiten.«
Und wenn er nicht gestorben ist, dann labert er noch heute.
»Was ist eigentlich dein ältestes Kleidungsstück?«
»Ach, Junge. Meine Buxe.«
»Echt?«
Muss mich noch an diese Lache gewöhnen. Kann da nichts machen. Irgendwas zwischen Robbe und Frosch.
»Nee, Quatsch. Die Lederjacke. Die von gestern Abend. Hab ich aus Amsterdam. Nein! Das stimmt nicht! Rotterdam! Da hab ich auch meinen ersten Joint geraucht. Oder?«
»Wie geil seid ihr denn? Remmidemmi, oder was? Wer hat hier denn.«

Da steht Marko.
»Komm mal runter, Junge. Die Andrea schläft. Pst.«
»Pst. Pst. Pst. Bums.«
Marko lässt sich aufs Sofa fallen. Er hat, Alter, echt jetzt, der hat ein Riesending da ums Auge. Geschwollen. Blau. Und Lila. Er springt auf.
»Fuck. Ihr Idioten. Wer pisst denn aufs Sofa?«
Er setzt sich wieder.
»Wo hast du dir denn das Veilchen weggeholt, Junge?«
»Wenn der so n Sturm macht. Mach ich halt Gewitter.«
»Sturm ist erst, wenn die Schafe keine Locken mehr haben. Ich sag es dir. Gewalt ist keine Lösung. Ich hab mich nie gekloppt. Einmal vielleicht. Das wars dann. Ich weiß gar nicht mehr, wo. Doch. Aber ich muss jetzt los. Die Gabi kalbt.«
Ralle klopft mir auf die Schulter. Ich lass ihn.
»Ich hab ihm auch eine eingeschenkt. Alter. Scheiß drauf. Hab ich einen Knast. Ich fall gleich um.«
»Ich schau mal drinnen.«
Da hat jemand die Grillreste vorm Ertrinken gerettet. Nice.
Marko mampft, als hätte er Tage nichts zu futtern gekriegt.
»Junge, hier, Senf gehört dazu. Und das nächste Mal direkt gut kühlen. Bis später.«
»Jepp.«
Marko hält zwei Steaks und ne Wurst lang die Klappe. Er sieht übel aus.
»Ich fahr nach Sizilien.«
»Wo ist denn das?«
»Zu Ida.«
»Lass doch die Finger von den Weibern.«

Meint der. Fuck. Voll gelöscht von der Platte. Wenn ich da mit ihm.
»Hab ich damals mitgemacht?«
»Hä?«
»Na, Party, Garage. Marie. Du. Und ich.«
Marko kriegt voll den Lachflash.
»Sicher, Digger.«
Ich denke nur, cool, dass Marko mal was zu lachen hat, voll der Eso-Gedanke, denk ich und muss auch ein bisschen grinsen, und dann denk ich, dass Marko doch schon ein Kumpel ist. Und, dass Life echt nice ist.

ICH Muss noch wissen, wo genau ich hinfliegen soll. Hab mit Mutter alles gecheckt. Also Geld. Und so. Marko ist am Morgen voll verstrahlt hier aufgeschlagen. Er war die ganze Nacht unterwegs. Hab ihm ne Postkarte versprochen. Und dann mit Mutter Klarschiff gemacht. Dachte, gute Stimmung zum Abschied kann nicht schaden. Das Sofa ist voll hinüber. Aber sie hat gar nicht geflucht und es einfach im Garten stehen lassen. Meine Tasche ist gepackt. Bis später!

32

ICH Alles okie bei dir? Will ja nicht stressen, aber gib mal Bescheid, wo ich landen soll. Und so. Sonst sind die Ferien rum. Der Tierpfleger hat Taschengeld versprochen. Ist das nicht irre? Können dann ja noch woanders hin. Italien oder so. Warst du mal in Afrika?

ICH Warum schreibst du nicht? Ich hock eigentlich die ganze Zeit hier und zocke. Ist deine Software upgedatet? Noch mal für alle: Meine Mutter lässt den Flug springen. Hin und her. Also vor und zurück.

ICH Mutter fährt morgen mit Ralf nach Hiddensee. Gabs zu der Torte dazu. Müssten vorher buchen.

ICH Im Ernst jetzt. Meld dich.

ICH Hackts? Bei mir schalten noch alle Synapsen. Hast du einfach nicht den Arsch in der Hose, zu texten, dass du kein Bock mehr auf mich hast? Weißt du was? Ich habe kein Bock mehr auf dich.

ICH Okie. Wenn du die Tage jetzt mit jemandem durchgestartet bist, dann sag das doch einfach. Und verarsch mich nicht.

ICH Hab jetzt eh andere Pläne. Marko war gestern da. Wir sind auch um die Häuser gezogen. Die ganze Nacht. Klaro.

ICH Kannst mir ruhig stecken, was Sache ist. Ich kann immer noch einfach rumkommen. Oder weißt du was, ich mach es.

ICH Okie. Bleib erst mal hier. Hab sturmfrei. Kann immer noch ne Party machen.

ICH Meinte das nicht anti. Du bist halt der Hammer, und ich dachte, du und ich. Du hast doch damit angefangen. Und du musst schon zugeben, dass das ziemlich weird ist, wie du da die ganze Zeit auf Gutmensch und verliebt, und jetzt so was. Heiß sahst du aus, weißt du noch?

ICH Ich könnte Bessere haben als dich.

ICH Wenn du denkst, dass ich mir den Arsch hier platt sitze und warte. Nein, Mann. Bin ziemlich busy hier.

ICH Mutter und Ralf sind wieder zurück. Haben Sizilien schon voll von der Platte gelöscht. Und weißt du was? Das mach ich jetzt auch!

ICH Bin gleich mit Marko unterwegs. Er findet die ganze Aktion von dir auch voll daneben. Nur, dass dus weißt.

ICH Okie, ist was mit deiner Family oder so? Vergiss, was ich gestern geschrieben habe. Ist nichts passiert. Und überhaupt. War aggro. Ist doch logisch. Nicht so nice von dir, die ganze Aktion. Wollte dich nicht runtermachen. Bin halt kein unsensibler Vollspast. Miss you. Du bist der Hammer!

ICH Lass uns einfach im Real Life treffen, wenn du wieder da bist. Ist doch scheiße so.

ICH Bin unser Getexte immer wieder durchgegangen. Ich find den Fehler nicht. Mann, worüber wir alles. Wenn dir das zu viel war, mit deiner XXL-Family. Und mir. Warum schreibst du das dann nicht einfach?

ICH Jetzt reichts echt. Wenn du noch nicht mal zwei Sekunden hast, um ein Update rüberzuschieben, vergiss nicht nur mein Getexte. Vergiss mich!

33

Okie, morgen. Morgen. Erster Schultag. Und ich bin durch. Keine Zeile mehr von Ida. Die kann mich mal. Trotzdem. Die Pumpe. Die Pfoten. Wenn wir uns sehen. Was mach ich denn dann. Einfach so Hey, wie gehts, oder was. Oder voll auf anti machen. Ist doch auch scheiße, Mann. Ich sag einfach hey. Und dann muss sie ja auch irgendwas. Klaro, ich hab schon auch gedacht, dass vielleicht ihr Rechner im Arsch ist. Aber dann hätte sie spätestens heute, also wenn sie wirklich auf den letzten Drücker heim ist, dann hätte sie doch, oder von nem anderen Rechner. Oder Telefonbuch und Festnetz. Mir kurz Bescheid. Was weiß denn ich. Ich weiß gar nichts mehr. Noch nicht mal, welches Shirt ich morgen anziehen soll. Mann.

34

In der Aula geht es schon los. Willkommen, Schuljahr, Ferien, Lehrerkollektiv, Durchzug.
Ida. Was. Die Direx. Labert von ihr. Ich spinne. Schon wieder, was, was soll denn das. Ein aufgewecktes Mädchen, viele schon ins Herz, Alter, muss ich euch hier sagen, dass sie im Urlaub verunglückt. Wie. Ein Typ steht auf. Liebe Schüler, Schülerinnen, Beratung, im Sekretariat, melden, Sorge, bla. Der spinnt doch. Die Direx schon wieder. Die Beerdigung morgen. Stopp das doch mal wer. Schüler der Elften und Zwölften sind freigestellt ab zehn Uhr und dürfen selbstverständlich an der. Teilnehmen. Als ob.
Die Direx zieht nur ne Nummer ab. Wie sie da mit den Tränen am Kämpfen ist. Badeunfall. Kann ja gar nicht. Ich denk nur, tolle Worte. Nicht die von der Direx. Ich mein das Bild. Mit den Tränen am Kämpfen.
Marko macht an meiner Schulter rum. Ich hau seine Hand weg. Nein. Das ist gelogen. Ich weiß nicht, ob das jetzt gehauen war oder nicht. Jedenfalls hört er auf, mit seiner Hand da an meiner Schulter.
Ich muss an diesen Film denken, wo da einer. Wie heißt der denn. Ich denk nach wie irre. Nichts. Null Output.

Plan checken. Raum checken. Englisch mit Mister Happy. Auch das noch. Name ist nie Programm. Heute auch nicht. Logisch.
Herr Fröhlich macht einen auf Stuhlkreis. Who wants to say something about. He wants to give us time to talk about the Scheiße.

Ein paar Mädels flennen. Ich finds nur albern. Die kennen sie doch gar nicht.

Da ist diese Bank. Wo wir mal. Und ich Trottel hab es nicht gecheckt. Marko kommt angedackelt.
»Kommst du mit zum Imbiss?«
Wie kann der jetzt ans Futtern denken. Ich schüttel nur den Kopf.
Anti Konflikt. Alter. Weiß gar nicht, warum. Warum ihm nicht mal ordentlich aufs Maul hauen. Aber da zieht er schon ab.
Marie und er halten Händchen. Auch das noch.

Mathe. Alex kommt zu spät. Letzter leerer Platz neben mir. Aber er hält die Klappe. Kein dummer Spruch. Der grinst noch nicht mal.
Wo ist Franzi. Wie. Herr, Name vergessen, echt jetzt, komm nicht drauf. Der fragt uns. Wo die Franzi ist. Woher sollen wir das denn wissen. Keiner sagt was.

Ich fahr Autopilot. Voll viele rennen in die Aula, noch ne Freistunde und noch eine, und dieser Trottel, der da hockt, lässt sich was vorlabern und checkt gar nicht, dass das nur Verarsche ist. Die haben sie doch alle gar nicht gekannt.

35

Mutter mag gar kein Knofi. Weiß der Neue nicht.
»Da bist du ja, Großer. Wie siehst du denn aus? Alles gut?«
Die ganze Bude riecht danach. Ich verzieh mich. Bevor sie noch einen auf Erzähl doch mal macht.

Mir ist voll übel. Schlecht. Was soll denn das. Kotzübel. Aber ich muss nicht. Hock nur da.
»Gibt gleich Bolognese, Junge.«
Er hat gar nicht geklopft. Ich hab so viele böse Worte im Hirn. Sag aber nur, dass ich keinen Hunger hab.

Warum. Google wie irre. Badeunfall. Nichts. Sizilien. Nichts. Ertrinken. Stopp. Und sie ist nicht online. Logisch. Ich lese. Bis. Was ist denn das. Ich seh nichts mehr. Alles verschwommen. Just you and me. Angst. Tiefe. Minileben. Scheiße, Mann. Hab ich. Hätte ich. Mir ist. Mein Magen. Ich muss. Nein. Doch nicht.

Morgen. Morgen also die. Was für ein kack Wort. Dann sag ichs halt. Beerdigung. Ich geh nicht hin. Was soll ich auch da. Als ob ich jetzt so ne kack Blume auf sie. Aufs Grab, oder was. Grab.

36

Doppelstunde Bio. Franzi sitzt mir im Nacken. Neben ihr der Platz ist frei. Auf diesem Platz. Fuck. Da saß sie. Ich nicke nur. Hör nichts. Nicke und warte. Mir ist schon wieder schlecht. Immer noch.
Marko steht im Flur. Mit Marie. Im Partnerlook. Schwarz. Er sagt was von S-Bahn. Ich latsche mit. Franzi hat jetzt Farbe im Gesicht. Alle latschen mit. Stufenausflug. Ich check nicht, was das soll. Jetzt einen auf Freunde machen, oder was. Die Sonne knallt. Mir ist trotzdem arschkalt. Ich war noch nie auf so einer Veranstaltung. Hab gar keinen Schimmer, wie das ablaufen soll. Biege machen geht nicht. Die Marquardt steht hinter mir. Faselt mit nem Streber über fünfte PK. Irgendwer hier stinkt nach Pisse. Ich weiß gar nicht, wo sie wohnt.

Wir dackeln in so ne Minikirche, die da mitten auf dem Friedhof. Ich geh als Letzter. Pass kaum noch rein.
Vorne steht. Okie. Ein. Der. Der Sarg dann wohl.
Drumherum sind voll die Blumen am Start. Und ein Foto von. Von ihr. Schwarzer Rand. Voll die hässlichen Klunker hat sie da um auf dem Foto. Ist doch gar nicht ihr Ding. So Klimbim.
Vorne fangen ein paar alte Tanten an zu murmeln. Versteh die nicht. Alle stehen auf und texten im Chor. Beten, denk ich mal. Die Aktion dauert ewig. Ich weiß gar nicht, ob Blumen ihr Ding sind.
Jetzt singt eine von den Alten los. Voll das schiefe Gejammer. Ohne Mucke. Und dieses Naserotzen die ganze Zeit. Das klingt voll spooky. Tacker mir die Ohren zu.

Ein Typ stellt sich neben. Die Kiste. Und textet. Ich höre nur immer wieder den Namen. Ihren. Den Rest versteh ich nicht. Logisch. Italienisch. Sicher.
Mann. Die ganze Nummer macht mich voll, weiß nicht, aggro. So wie der Alte da vorne flennt. Ob das ihr. Kann doch. Das ist bestimmt der Erzeuger. Ich zitter voll. Ist ja auch arschkalt hier in der Hütte. Zwei Reihen vor mir hockt Marie neben Marko. Ich denk nur, dass er voll den großen Kopf hat. Und voll die roten Ohren. Mehr nicht. Wer ist denn das jetzt. Alles Deutsch. Kriegt die Frau aber nicht hin. Nicht, weil sie kein Deutsch kann. Nein, Mann. Weil sie so schluchzen muss. Ob das die Mutter. Sie sieht voll jung aus. Im Gegensatz zur Direx. Alte Schachtel. Sagt auch was. Toll eingewöhnt. So talentiert. So kreativ. Und dann. Fuck. Voll der Akt, nicht laut loszulachen. Da sind vier Typen. Mit weißen Handschuhen. Ich kann gleich echt nicht mehr. Dass das auch keiner schnallt hier. Dass das alles nur absurd ist. Jepp. Absurd ist das hier. Diese Typen. Diese kack weißen Handschuhe. Was für eine Kombi auch. Kack weiß.
Die vier Typen tragen. Die Kiste. Die Leute latschen hinterher. Die ersten schleppen das ganze Blumengedöns. Ich denk nur, dass das alles doch scheiße schwer sein muss. Diese Riesenkränze. Und. Die Kiste halt.
Bam. Da. Die Pickelfresse. Also der Typ, ich komm nicht drauf, wie hieß der denn, der vom Café, Mann, Franco. Oder Pedro. Da sieht ein Typ genau so aus wie der. Ich guck schnell weg.

Bin der Letzte in der Kolonne. Wir latschen ewig. Alle halten die Klappe. Ich starre nur auf Markos rotblaue Ohren. Die Karawane hält an. Ich kann nicht sehen, was da vorne abgeht. Franzis Rock ist ganz schön kurz. Irgendwer textet. Weiß nicht, was ich da. Ich verzieh mich.

Wenn man sich vorstellt, dass hier überall. Weißt schon. Unter mir. Überall. Menschen. Wie heißt denn dieser Film. Mann. Mit den Vampiren. Wo die dann in der Gruft. Ich komm nicht drauf. Voll von der Platte gelöscht.
Ich hock mich auf eine Bank und zünd mir ne Kippe an. Wird schon keinen stören hier. Ich frag mich nur, wie dieser verflixte Film heißt und warum ich nie auf die Idee gekommen bin, Italienisch zu wählen. Wo ich doch so auf Pizza steh. Und auf. Und noch ne Kippe. Und noch eine. Mir ist schon voll schlecht. Obwohl, mir ist eigentlich die ganze Zeit schon schlecht.

Da ist jetzt nur noch ein Haufen Erde mit mega vielen Kränzen drauf. Und Sprüchen. Manche auf Deutsch. So deine Tante und deine Cousine. Und in stillem Gedenken und so ein Kram.
Und. Ein Holzkreuz. Mit ihrem Namen drauf. Dem Datum. Bam. Sie konnte gar nicht mehr online sein. Jetzt muss ich wirklich. Ich schaff es noch an den Weg, Bank, Mülleimer und reiher volle Kanne rein. Darf echt nicht mehr so viel rauchen.

»Digger, hab dich gesucht.«
Marko. Er. Alter, nein. Er umarmt mich. Bin zu matsche, mich zu wehren.
»Gibt Kuchen.«
Tu ich ihm halt den Gefallen und geh mit. Ein Laden auf der anderen Straßenseite. Marie hat voll die kleinen Augen. Mini. Miniaugen. Stopp.

»Ida hätte sich bestimmt gefreut, dass all ihre Freunde gekommen sind.«
Der Vater. Kann Deutsch.
Freunde.

37

Sorry für die gequirlte Scheiße, die ich da. Mann. Und da warst du schon längst. Alter. Ich wusste das ja nicht, dass. Warum. Warum hast du nicht besser aufgepasst? Wie ist das denn überhaupt. Ich mein. Du warst doch mega fit. Ich. Ich hock hier. Und denk an dich. Nur, dass du es weißt.
War voll gelogen, dass du mir am Arsch vorbei gehst. Ich dachte, du hast kein Bock mehr auf mich, und da bin ich halt. Durchgedreht.
Hast du eigentlich mal geschwindelt? Egal.
Deine Family ist ja echt riesig. Ich ärger mich voll, dass ich da nicht genauer hingeguckt hab. Logisch, hätte die jetzt nicht angequatscht, keine Panik, ich mein ja nur. Dein Vater ist echt nett. Meiner hat sich nicht mehr gemeldet.
Hast du dir denn gar keine Platte gemacht? Von wegen Du und ich und so. Ging dir das alles voll am Arsch vorbei, oder was. Das ist doch scheiße, Mann. Nur im Hirn, was wäre, wenn, und warum ich nicht einfach früher zu dir hin bin. Hätte ich doch.
Ich check es einfach nicht.
Du warst doch. Du bist doch die Beste ever!

38

Wie die alle tun, als wär nichts. Echt jetzt. Erst voll den Aufriss machen, und dann so Hausaufgaben nicht gemacht, Pech gehabt. Ich hock nur da. Dass du einfach. Mann.
Ich hab dich gesehen. Auf dem Weg zum Imbiss. Ich weiß ja, dass das nicht geht, hab noch alles beisammen unter der Mütze, aber diese Braut, saß in der Tram, fuhr vorbei, guckt so, bam, das war wie mit der Bratpfanne eins über, denk ich mal, hab noch nie eine Pfanne, egal, irgendwas übern Schädel gezogen bekommen, aber das könnte schon hinhauen, dass sich das so anfühlt.
»Jemand zu Hause?«
Und dann stört natürlich wieder Franzi die Bitch. Pfanne hin oder her, die in der Tram sah aus wie du.
»Kannst es dir ja überlegen. Wär schön, wenn du auch kommst.«
Und so geht das die ganze Zeit. Keinen Schimmer, was die meint. Interessiert mich auch nicht.

Genau so wenig wie der Transporter in der Einfahrt. Die ziehen es wirklich durch. Ralfs Schlagzeug parkt im Wohnzimmer. Wenn das da stehen bleibt, zieh ich aus. Obwohl. Sollen die doch einen auf Family machen. Ist mir eigentlich ziemlich latte. Mutter mit ihrem Kannst du mal hier, kannst du mal da. Kann ich nicht. Ab in den Keller. Logisch.
Wenn ich diesen Rechner. Ich wollt nur, weiß nicht. Aber ich kann einfach nicht aufhören. Les es. In Schleife. Das Getexte. Unser Getexte, Mann.

Mucke in die Ohren.
Scheiß Idee.
Deine Playlist.
Unsere.
Fuck.
Warum bist du denn nicht mehr da. Ich hätte so viel zu texten. Dir. Sonst kann ich das keinem. Mann, du wüsstest, wie ich das ohne dich. Bullshit. Ich weiß, mein ja nur.

39

Check nicht, warum. Warum sich hier den Arsch platt sitzen.
Ich krieg das einfach nicht in mein Hirn. Dass du. Und dann der Happy. Nee, sorry, Mister Happy, I don't want to talk about the Scheiße.
Immer will wer was, weißt du ja.
Außer der Rollwig, logisch. Der labert nur von seinen Reisen und merkt nicht, dass er uns die story heute zum x-ten Mal erzählt, aber keiner sagt es ihm, weil keiner zuhört. Ich denk nur, dass er sich mal wieder rasieren sollte, und zieh es durch. Brav den Durchschnittsschüler schieben und so tun, als ob. Aber das ist so ein Akt. Mann. Diese Tussi da auf deinem Platz.
Und dann krieg ich noch nicht mal mehr n simplen Korbleger hin. Mein Hirn. Voll der Fehler im System. Marko schnauft wie ein Opa. Wenn ich daran denke, wie er da im Freibad seine Bahnen. Im Wasser wirkt er voll fit. Stopp. Mir ist. Weiß nicht. Klo. Alter, was ist denn das. Muss kotzen, kann aber nicht. Und dann der Marko vor der Tür. Der mit seinem Alles roger. Und ich nur Nee, Mister Happy. Happy Hippo. Spannung. Spiel. Spaß. Ist ja auch latte.

Fahr wie irre. Kann noch nicht nach Hause. Mutter hat den Stundenplan an den Kühlschrank gepappt.
Geh nicht mehr zu Deutsch. Weißt du noch? An deinem ersten Tag? Nur so Hey, ich bin. Und der Becker auch nur so Herzlich willkommen und Setz dich. Ich hab dich gar nicht abgecheckt, bin ja kein Weichei, aber du hattest von Anfang an voll den Impact auf mich. Echt jetzt.

Und dann die Greifswalder. Steig ich ab. Steh da, wo wir. Meine Beine. Zittern. Da also. Da also das letzte Mal Real Life, oder was. Ich check es nicht. Will auch nicht.

Und immer dieser Tierpfleger in der Küche. Auf einem von seinen Hockern. Und der labert nur Gemüse. Echt jetzt. Ich frag mich, wie man sich solche üblen Hocker anschaffen kann. Da sind überall schwarze Flecken, also diese Dinger da, in dem Holz, wie heißt das denn, wenn da diese Dinger drin sind, wo mal die Äste. Ich lass ihn immer labern. Was soll man da auch. Hunger, Wäsche aufhängen, Flugzeug auf den Kopf. Ja, der hat mich letztens echt gefragt, ob mir n Flugzeug auf den Kopf gefallen ist. Ich mein. Hallo? Was soll ich sagen. Ich versteh ihn einfach nicht.

Immer und immer wieder. Unser Getexte in Schleife. Die Songs. Die Pics. So in Dauerdauerschleife und ich denk nur, dass sich das voll real anfühlt.
Da steht Mutter.
»Paul, hier muss jeder sein Drittel dazu beitragen. Sonst funktioniert das nicht.«
Ich muss abschließen. Die hat schon wieder nicht geklopft.
»Du machst es uns nicht gerade einfach.«
Einfach. Die spinnt doch. Vielleicht ist der ein Flugzeug auf den Kopf.
»Tu mir den Gefallen und sei nicht so unfair. Essen ist gleich fertig.«
Unfair. Die hat doch keine Ahnung.
»Und räum endlich die Wäsche von der Treppe.«
Eieiei. Als ob.

Geht einfacher als gedacht. So tun, als ob. Als ob es schmeckt. Als ob ich zuhör. Hier ein Pic von Ralles Ungeziefer. Er hat hier so Schrecken, Heu oder Stab, weiß nicht genau, angeschleppt. In ner Vitrine. Megafreak, oder? Dir gefällt das bestimmt. Von wegen Minileben.

Ohne dich interessiert es mich aber einen Scheißdreck. Life und so. Das ganze scheiß Life kann mich mal am Arsch. Wenn ich so drüber nachdenke.

40

Hab das erste Mal ein leeres Blatt abgegeben. Mathe. Ich habs noch nicht mal versucht. Wozu auch.
Wenn du da wärst. Aber so. Real Life funzt nicht mehr.
Und dann, Überraschung, Marko steht an meinem Bike. Und checkt es nicht. Klaro.
»Digger, komm. Stuhü.«
Wie kann der so blöde grinsen. Ich mein. Will der jetzt ernsthaft einen auf Tanken in der Sonne machen. Oder was. Ich check es nicht. Sag es auch.
»Komm jetzt.«
Okie, vielleicht hab ich zu lange anti Konflikt geschoben. Kann ja sein. Das ist ja so ne Sache, wenn man sich einmal an etwas gewöhnt hat. Echt jetzt. Also fahren wir halt. Aber kein Rennen. Meine Beine. Blei. Und dann hockt sich der Marko auf die Mauer. Vollpfosten. Sensibel wie ein Toastbrot. Das Toastbrot holt die Pulle raus, eins, zwei, drei, vier, echt jetzt, Alter, fünf große Schlücke. Heißt doch Schlücke, oder? Ein Schluck. Zwei Schlücke. Ich mach drei.
»Life ist ne Bitch.«
Da nick ich mal. Das ist das Klügste seit, weiß nicht, lange, ewig her, dass der Marko mal so was auf den Punkt, so was, ja, schon, Schlaues gebracht hat.
Und dann, das passiert halt manchmal einfach, kennst du das, wenn du etwas nicht willst, in dem konkreten Fall irgendwohin nicht willst, und zack, dann bist du doch dort. Da. In dem Haus. In dem Haus, in dem die Franzi ihre neue Butze. Plötzlich hock ich da einfach, also nicht auf dem Haus, auf dem Sofa, in dem Haus, also in der Wohnung. In dem Haus. Ja.

»Ultra fett, so ne eigene Wohnung, oder?«
Ich weiß nicht. Zimmer halt. Denk ich nur. Und Kindergeburtstag. Obwohl das hier so eine Art Trauerveranstaltung sein soll, ist aber Quatsch. Gibt Drinks, Schirmchen, Strohhalm und Gemüse am Rand. Nein. Obst. Obst am Rand. Topfschlagen machen wir nicht, würde aber passen. Ich verrat es keinem und kipp den Drink weg. Also runter. Das Zimmer hier ist, nicht nur das Zimmer, aber egal, ist schon ziemlich voll. Ich fang an zu zählen, eins, zwei, egal, viele halt. Born to die. Nichts. Keiner tanzt.
Aber das Zeug, das muss man der Franzi schon lassen, also da in diesem Glas, was die da einem, mir auch, immer wieder, so noch einen und noch einen bitte schön, das ist schon lecker.
Warum weint die denn jetzt. Weil lecker nicht passt. Das passt nicht. Das denk ich. Und dann denk ich, schmeckt, passt doch, ja, und weiter so, noch einen, und noch einen bitte schön, und dann. Stopp. Lecker schmecken. Wo ist denn bitte der Unterschied zwischen lecker und schmecken. Ich mein, das ist eine Frage, die die Welt nicht braucht. Genauso wenig wie die Franzi, die fragt, nein, die sagt, dass sie gar nicht wusste, dass wir so eng waren. Eng. Nice. Eng. Und dann muss ich daran denken, wie sie.
Ja. Also. Wie sie. Und der Alex. Frag ich die auch. Wo der denn ist. Der Alex. Sagt die aber nicht. Weiß sie nicht. Und interessiert uns hier alle so was von überhaupt gar nicht. Die Mucke ist aus. Wir gehen nach Haus. Rabimmel Rabammel Rabumm Bumm Bumm. Nein. Quatsch. Wir sind noch alle da, und die Franzi sagt. Die sagt: »Auf Ida.« Kein Kommentar. Die sagt: »Wir vermissen dich.« Und da kann ich einfach nicht mehr, das kann man in

dem Moment auch nicht netter, da muss ich einfach, da kann man nichts anderes als ficken, also ficken sagen, und euch, fickt euch, und so, und dass sie dich doch alle überhaupt gar nicht, so was von überhaupt mal gar nicht gekannt haben. Bitches.

41

Hab ich gepennt. Alter, mein Bike. Das war krumm. Bin ich aber mit gefahren. Ich Fuchs. Fuhr dann nur leider nicht mehr geradeaus. Suboptimal. Das wird mein neues Lieblingswort. Suboptimal. Passt immer. Auch zu verfahren. Hab ich mich nämlich. Verfahren. Was die ganze Sache noch verfahrener gemacht hat. Und dann nur so, mach doch mal einer das Licht aus. Ein Typ. Ich am Liegen. Und krieg die Fresse nicht auf. Kann keinen Move machen.

Und dann denk ich wieder nur so, lecker schmecken. Nur schmeckt da überhaupt nichts lecker. Das schmeckt wie an einer Laterne lecken, obwohl ich zugeben muss, dass ich lange nicht mehr an einer Laterne geleckt habe, wenn überhaupt, egal. So oder so. Suboptimal.

Und dann träum ich wieder, oder weiter, egal, da sitzt da plötzlich ein Vogel am Steuer, mit allem Drum und Dran, Flügeln und Federn und so. Und mein Arm, der ist ab. Mein rechter, rechter Arm ist ab. Nein. Dran. Das seh ich. Fühl ich aber nicht.

»Paul – Paul – Paul.«

Geh nicht. Geh nicht. Geh nicht. Nein, Scherz. Lieg ja da. Ganz in Weiß. Echt jetzt. Alles. Wände, Bett, nur die Mutter nicht. Obwohl, die sieht auch ganz schön blass aus. Und redet in Schleife. Operiert. Ach so. Gehirnerschütterung. Okie. Fahrradunfall. Autsch. Da ist eine Nadel. In meiner Hand. Mutter hält die andere Hand.

Und so geht das weiter. Immer wenn ich die Augen wieder aufmache, liegt da noch die Hand, von der Mutter. In meiner.

Geh nicht. Geh nicht. Geh nicht. Aber das ist gerade nicht das Problem, das Problem ist, dass mir schlecht, übel, kotzübel ist. Ja. Jemand, also so ne Frau, auch in Weiß, hängt einen Beutel an einen Ständer, nice, und sagt irgendwas von Trinken geht noch nicht, und, dass das gegen den Durst, egal, klappt, hab nicht mehr so Brand und träum weiter. Aber nur Gemüse im Programm und find die Fernbedienung nicht, nur so hohe Berge. Felsen. Und Wasser. Wellen. Und ich mittendrin. Und am Ackern. Dass ich da nicht gegen die Felswand. Alter. Da ist Blut. Blut ist im Schuh. Blut ist im Schuh. Nein. In der Pulle. Das ist real. Eieiei. Voll real. Da ist eine Pulle. Eine Plastikpulle. An meinem Arm. Und da tropft Blut rein.
»Tuts sehr weh? Da sind jetzt drei Stäbe in deinem Oberarm.«
Das ist auch real. Mutter sitzt da. Ganz real. Und sieht echt scheiße aus, aber es geht ja hier jetzt nicht um Mutter, es geht darum, der Sache auf den Grund, und das versuche ich, sie versteht mich nur nicht. Fragt mich, ob ich weiß, wer sie ist. Ich tu ihr den Gefallen. Sag es ihr. Und sie belohnt mich mit einem strahlenden Lächeln und sieht gar nicht nach Standpauke aus. Und dann setzt sie noch einen obendrauf und sagt, endlich, dass sie nach Hause telefoniert. Nein, Quatsch, also fährt, dass sie nach Hause fährt. Optimal. Fast. Denn sie kann einfach nicht die Finger von mir lassen, das ist mies, so mies, so lahmgelegt, und dann Mutter am Bett. Auf jeden Fall streichelt sie schon wieder. Meinen Kopf. Und ich komme mir vor wie ein Meerschweinchen, aber das stört mich gerade nicht, ich mein, Meerschweinchen sind ja auch nur Tiere.

42

Die nennen das Schmerzmittel, ich nenne das die genialste Erfindung seit der, weiß nicht, egal, seit, die geilste Erfindung ever halt. Und die machen so schön. So schön flauschig. Jepp. Klingt komisch, ist aber so. Flauschig.
Wenn nur nicht dieser Opa neben mir. Ich will ja nichts sagen, aber es ist schon assi, seiner schlechten Laune so unkontrolliert in Anwesenheit eines flauschigen, egal, so freien Lauf zu lassen.
Und dann guckt der aus dem Fenster. Der hört gar nicht mehr auf damit. Und dabei regnet es.

Ich Fuchs. Das war mal eine Leistung, eine Darbietung, eine Best-, was weiß ich, auf jeden Fall war das genial. Tür auf. Augen zu. Und der Marko checkt es nicht und denkt, ich penne.
Er hat ne Pulle hiergelassen. Mit nem Zettel dran. Er wollte mich nicht wecken. Gute Besserung. Ist das nicht eine Gurke? Und schreiben tut der wie ein Mädchen.
Wo wir grad bei Mädchen sind. Bist du doch. Mein Mädchen.

Dass mein Hirn nachts nur noch schlechte Filme produziert, geht mir so was von auf den Sack. Stand in einem Bus rum. Bus war voll. Kontrolleur kam. Hatte keine Fahrkarte. Wollte eine kaufen. Auf dem mobilen Telefon. Ging aber nicht. Akku leer. Voll die Panik. Du warst nicht im Bus. Wärst du da gewesen, in diesem Bus, wären wir wahrscheinlich einfach an der nächsten Haltestelle raus,

und dann so Schau mal, voll Grün am Start, sieht ja aus wie im Urwald, nice. Ja. War aber nicht so.
Der Opa, by the way, kann sprechen und sagt was von Entspannung.
Ja, Mann. Entspannung. Ich sag da mal nichts zu, frag auch nichts, will auch gar nicht wissen, was der meint. Entspannung. Ja. Yoga vielleicht. Warum nicht? Hast du eigentlich mal Nacktyoga gemacht? Was für eine Frage, bestimmt, bei deinem Body, und wie du da immer, so voll simpel, einfach zack, aus das Ding, so als wär da nichts bei. Alter, dabei ist das das Beste, du, du das Beste sowieso, aber du ohne alles, mehr als das Beste, das Allerbeste ever.

Hat schon was, so ganz offiziell keinen Move machen zu müssen. Wie. Stopp. Wie sie da jetzt, tut sie doch, oder, ich mein, sie liegt doch auch. Rum.

43

Warum. Nur noch das im Hirn. WARUM.
Warum macht der Tierpfleger einen auf Chauffeur und warum, wenn er das schon machen muss, warum kann er dann nicht wenigstens die Klappe halten dabei, oder warum kann er nicht wenigstens, wenn er schon die Klappe nicht halten kann, über irgendetwas anderes texten. Den ganzen Weg, echt jetzt, geschworen, den ganzen Weg nur Futterküche, Salat, Gemüse, Gekochtes, Beete, Rote, Kartoffeln, Möhren, Rohkost, Weizen. Ich hab ihm nicht gesteckt, dass ich keine Seekuh bin und mich deshalb der Speiseplan der Seekuh null komma nix interessiert. Rhabarber Rhabarber Rhabarber.
Wenn diese scheiß Schlinge nur nicht wäre. So ein Gips, hier, Stift, darfste mal, aber keine Blümchen, hätt ich nice gefunden, aber das hier, hellblau-weiß, schreit nach Seniorenheim und Pipi in der Hose. Die Docs meinten, dass das hart werden kann, von wegen Flauschis reduziert. Ich hoffe nur, die haben mehr Ahnung von Stäben in Knochen, denn hart ist echt mal was anderes.
Mutter hat übrigens aufgehört zu streicheln. Aber sprechen tut sie mit mir immer noch, als wär ich ein Meerschweinchen. Oder behindert. Oder beides. Ja. Genau. Egal.
Hab eh keinen Hunger, und wenn auch, voll für den Eimer, mit denen da oben Lebenszeit abzusitzen. Lebenszeit. Kack Wort auch.

Okie, keine Panik, ich weiß schon, dass du, bei mir schalten ja noch alle Synapsen, logisch. Das Problem ist nur,

dass ich das nicht will, dass die das schalten, dass du nie wieder. Und bam. Bin ja kein Mädchen, klaro, aber ich kann flennen wie eins. Scheiße, Mann.
Mir geht es also beschissen, wenn du es wissen willst. Ich bin mehr als am Arsch und habe keine Peilung, wie das gehen soll.
Ohne dich.

44

Hast du dir schon mal was gebrochen? Alter, ich stell mich ja nicht an, ich war noch nie ne Memme, nein, ABER das tut so so weh.
Ich renn wie irre. Okie, ehrlich gesagt, renne ich nicht wirklich, geht ja nicht, wie gesagt, es tut so so so so WEH, ich geh halt so schnell ich kann, auf den Siedlungspickel und dann im Kreis. Kein Arsch hier. Logisch. Im Umkreis von sagen wir, weiß nicht, Kilometer sind das bestimmt, ja, also jedenfalls um den Pickel herum, haben alle ihr eigenes Grünzeugs im Garten. Wenn nur nicht diese Wunde wäre. Die puckert bei jedem Move.
Wie hast du das eigentlich gemanagt, nicht durchzudrehen mit diesem ständigen Familyprogramm da auf der Insel? Jedenfalls fragt mich der Tierpfleger, Obacht, halt dich fest, ob ich mit ihm SEGELN fahren will.
Er sagt, das macht den Kopf frei, und ich kann mir schon vorstellen, dass das seinem Kopf mal guttun würde, wenn da ein bisschen frischer Wind im Oberstübchen, aber ich. Und er. Auf nem Boot.
Finde den Fehler.

Und dann sitzt da der Marko in der Küche, als ich gerade rein, Schuhe vor der Haustür aus, Schlüssel in Zeitlupe, nach jedem kleinsten Geräusch drei Sekunden Pause, und dann zack, will ich gerade schnell, also so schnell das halt geht mit dem Gurt und dem Arm, die Treppe runter, da sagt der Hey. Und dass der Tierpfleger ihm aufgemacht hat. Und dass der jetzt im Zoo ist. Typisch. Da könnte man ihn einmal, ein einziges Mal gebrauchen, so von wegen Sorry, wollte heute noch mit Ralf segeln gehen, habe leider keine Zeit, da macht der die Biege. Also kann ich ja nur Hallo sagen und Ja, als der Marko mir ein Bierchen, der immer mit seinem Bierchen, also nicht die Tatsache, dass er gerne alkoholische Getränke, nein, ich mein, wie kann man Bierchen sagen, zu ner Pulle Bier. Ich mein. Bierchen?

Bierchen hin oder her, wir stoßen an, und ich denk nur, dass ich ihn ja schlecht rauswerfen kann, einfach so, mit all den Bierchen, die er da in seinem Rucksack. Und wenn wir mal ehrlich sind, war der Marko die meiste Zeit schon ganz nett, auch wenn nett die kleine Schwester von, aber korrekt war er ja schon. Meistens.

Hilft leider nur gar nicht, das zu denken, denn ich höre trotzdem, was er labert, da kann ich denken, so viel ich will.

Und der labert, na ja, sagen wir mal, der labert nur von seinem Schwanz. Und von der Marie. Und wie der den da. Da reinsteckt. Ich sage ihm nicht, dass es mich einen feuchten Pups interessiert, ob und wann und wie die Marie da mit dem Marko, ich sage ihm auch nicht, dass er leider einfach gar keine, also so was von gar keine Ahnung hat, wie das ist, wenn es voll, wenn es so ist, dass da keine andere, dass man den Jackpot geknackt hat, und da nichts und keiner auf der Welt mithalten kann.

Also rauch ich halt wie irre, noch mal Prost, und noch mal, warum auch nicht, und Marko checkt es einfach nicht, labert von Alex, und, dass der eine hat, die studiert, ich mein, wen interessiert denn, ob der Alex mit ner Brillenschlange, und ich nicke nur, und, okie, kann irgendwie nicht aufhören, daran zu denken, wie das wäre, wenn du jetzt hier wärst, und wir, weißt schon.

45

Ralf hat schon wieder den Chauffeur gemacht und die ganze Fahrt nur Gemüse gelabert. Zum Glück hat er kein Interview gestartet, sonst hätte ich ihm einfach ins Lenkrad, mein linker Arm funktioniert noch einwandfrei, und ab vor den nächsten Baum oder Pfeiler, oder was auch immer. Hab gewartet, bis er abgefahren ist, und dann die Biege gemacht. Es gibt wirklicht nichts Schlimmeres auf dem Planeten, als sich von einer dicken Uschi am Arm rumkneten zu lassen, diese Wurstfinger, das kann nicht gesund sein, die sollte lieber selber mal üben üben üben.
»Paul, wir müssen reden.«
Mein Hirn, verdammt, vergessen abzuschließen.
»Mach das mal aus, bitte. Warum warst du nicht bei der Krankengymnastik? Was ist denn los mit dir? Das ist dir schon klar, dass wir das zahlen müssen, oder?«
Okie. Einatmen. Ausatmen. Ich sag ihr, dass mir plötzlich schlecht war, stimmt ja fast auch, und dass ich natürlich nicht wusste, dass man zahlen muss, wenn man nicht hingeht, ich mein, da muss man ja auch erst mal draufkommen, dass das was kostet, wenn man es nicht, egal.
»Ach, Großer. Was stellst du dir denn vor, wie ich jetzt reagieren soll? Geht es dir denn besser? Oder sollen wir zum Arzt?«
So viele Fragen. Eine Antwort. Alles wieder gut. Und sie geht und knallt noch nicht mal die Tür, das hätte ich schwören können, dass sie da jetzt die Tür, aber es geht ja nicht um die Tür, auch nicht um Mutter. Also Mucke wieder an. Unser Song. Find ich gut, dass das jetzt unser Song ist.

46

Hörst du das? Das sind Mutter und Ralf. Die streiten. Nennen das aber diskutieren. Gleich wird Ralle so was sagen wie, dass es nicht immer der Wind ist, wenn die Boote wackeln, und dann wird alles wieder gut sein.
Ich lausche nicht, nur falls du das jetzt denkst, nein, ich hab ja echt Besseres zu tun, als mir Gedanken darüber zu machen, was die da oben für Paras schieben.
Aber da ich immer besser werde, also immer leiser, aber es noch nicht raushabe, wie man sich wirklich die Ohren zutackern kann, hör ich dann halt doch manchmal Sachen, die mich nichts angehen.
Dass es Sachen gibt, die mich nichts angehen, weiß ich, weil Ralf Mutter gefragt hat, ob sie es mir erzählt hat. Mit dem toten Kind. Sie hat geweint und Nein gesagt. Ich muss schon zugeben, dass ich das ziemlich weird finde. Schließlich ist sie ja diejenige, die immer einen auf beste Freundin machen will, und dann so hintenrum, geht dich nichts an, ist ne miese Nummer. Ja. Ich weiß. EGAL.
Marko schon wieder. Der hat echt die längste Leitung ever.
ER Digger, ich muss raus hier.
ICH Sorry, bin busy.
ER Kann ich zu dir?
ICH Hab schon Besuch, sorry.
Noch mal wegen Pech im Spiel. Heißt doch dann, Glück. Mit dir.
Ja.
Aber warum bist du denn dann nicht zurückgekommen. Yoga, Sonne, Schwimmen, oder was.

47

»Moin, Junge. Hast du bis gerade geschlafen?«
Nein, mir einen von der Palme gewedelt, oder was will der hören. Ich hab dich übrigens gegoogelt. Und alle Pics gesavt. Hast du wirklich mal Geige gespielt?
»Wen hast du denn eingeladen?«
Wie, was, eingeladen.
»Man wird nur einmal achtzehn, Kumpel.«
Autsch. Da war ja was. Morgen. Achtzehn.
»Junge, das wird schon wieder. Ein Kollege hat sich mal beide Arme gebrochen. Da kannst du dir noch nicht mal mehr alleine die Zähne putzen. Stell dir das mal vor.«
Bla bla bla. Kopf zu und ab in den Keller. Ich weiß, du hättest wahrscheinlich noch gern gehört, was die Seekuh mit den Armen von dem Kollegen, aber ich KANN einfach keine Tiergeschichten mehr hören. Und als ob ich ne Party schmeiße, ich mein, der spinnt doch. Jetzt drischt der Freak wieder wie irre auf sein Schlagzeug ein.
Ich weiß, du magst das nicht, wenn ich so anti bin, aber meine zwei beiden Mitbewohner hier haben in so ziemlich allem einfach komplett andere Ansichten. Okie, das Einzige, was ich Ralf lassen muss, ist vielleicht die Tatsache, dass er essbare Dinger aus dem Ofen zaubern kann, so richtig mit Schnibbeln und so, nicht aus der Dose oder Packung, aber das wars dann auch schon. Und dann Mutter. Wenn Ralf nicht gerade wieder irgendwelche Leute angeschleppt hat, die nennen das dann Pärchenabend, hackt sie auf mir rum. So von wegen Lass dich nicht so hängen, Sag doch mal, Schau doch mal, Hast

du deinen Arm schon bewegt, Du musst ihn bewegen, sonst werden die Gelenke steif. Steif. Ob ihr Body auch. Steif.

48

»Hoch soll er leben. Hoch soll er leben.«
Die beiden Mausibärchen singen im Chor, und ich bin nur froh, dass Ralf die Pfoten vom Schlagzeug lässt.
»Dreimal hoch hoch hoch.«
Da sind Luftschlangen in der Küche, Alter, ist das peinlich, und neben dem Tisch, auf dem ne Torte, logisch, steht, danke, nett von euch, ein neues Bike.
Achtzehn also.
»Und, Großer, freust du dich? Da ist er ganz offiziell erwachsen.«
»Die Andrea ist ja noch aufgeregter als an ihrem Geburtstag.«
Weißt du noch, als du das erste Mal blank gezogen hast? Das war mal aufregend, das war mal so was von BAM, aber in der Welt dieser Freaks reichen anscheinend ein paar Luftballons, um auszuticken.
»Ich bin gar nicht aufgeregt. Quatsch. Aufgeregt bin ich vielleicht, wenn wir mit dem Chor vor so vielen Leuten singen müssen wie letzte Woche, aber jetzt. Ich freu mich halt.«
Hast du dir eigentlich auch immer so einen Kopf gemacht, von wegen Was texten, und wie, und an oder aus?
»Und jetzt die Kerzen, Junge. Nicht vergessen, dir was zu wünschen.«
Bestimmt nicht. Du warst immer so, ja, so mega halt.
»Ach, Großer. Mach schon. Du wirst doch einen Wunsch haben, oder nicht.«
Puste ich halt. Wunsch. Ja. Logisch. Den gibt es.
Jörg ruft an, er kennt mich noch, will ja nicht so sein und geh ran.

»Die allerbesten Glückwünsche. Paul. Wie die Zeit, es ist doch immer wieder faszinierend, nicht wahr? Ich wünsche dir, dass du deinen Weg findest und ihn auch gehst. Hamburg hat sich geklärt. Wir werden das wieder in den Griff kriegen. Auch wenn der Fehler nicht auf unserer Seite lag, ein großer Mehraufwand ist es allemal, und mühsam zudem. Die anderen Parteien schieben die Schuld von einem zum anderen und zurück. Anyway. Heute ist dein Tag! Und sowieso, im Ernstfall kann man sich nur auf sich selber verlassen. Wenn ich was mitgeben kann für deine Zukunft, yeah, dann ist es das. Und jetzt kannst du vor die Tür gehen, nein, jetzt kannst du den Umschlag öffnen, und dann gehst du vor die Tür. Happy Birthday!«
Eine Karre. Echt jetzt. Da hat der Erzeuger einfach mal eine nigelnagelneue Karre rübergeschoben. Alter.
»Du kannst das Ding ja verkaufen. Dann kannst du die Fahrerlaubnis machen.«
Mutters Stimmung ist im Eimer, und ich denke nur, danke, Jörg, endlich lässt sie mich in Ruhe mit ihrer Friede-Freude-Eierkuchen-Nummer. Ich hätte den Dreier hier eh keine Sekunde länger ertragen, setz mich raus. Warum. Weil ich es kann.
Wenn ich so drüber nachdenke, kann ich mir nichts Besseres vorstellen, als einfach hier hocken zu bleiben und zu warten, bis man da die Lichter oben am Himmel, Sterne halt, gucken kann. Ob das jetzt nun Kitsch ist oder nicht, ist mir latte, ich mein, ich weiß ja, dass Kitsch nicht mein Ding ist, und nur, weil ich da mal nach oben, ich mein, egal, ist eh nicht dunkel.
Ralf und Mutter hängen hinter der Scheibe und machen einen auf Aquarium. Weiß nur nicht, ob ich hier der Fisch, oder sie, jedenfalls glotzen sie das vergammelte Sofa an,

auf dem ich hocke, und sagen nichts. Hätten es ja wegkarren können, ist doch nicht mein Bier.
Und da wir gerade bei Kitsch sind, auch wenn das jetzt nicht wirklich Kitsch ist, aber, das ist schon Love mit uns, oder? Real Love.
»Großer, das Essen wird toll. Ralf gibt sich so eine Mühe.«
Schade, dass man sich nicht einschließen kann. Hier draußen.
»Digger! Happy Birthday!«
Da steht Marko. Ralf singt schon wieder, ein Freund, ein guter Freund, ich mein, der hat doch nicht mehr alle Latten am Zaun, keine Tassen im Schrank und in der Schüssel n Sprung.
»Wenn ihr Hunger habt, später, im Ofen steht ein Schmorbraten. Das Schwein heißt Elsa.«
Ralf geht rein.
»Wem gehört denn der fette Schlitten in der Einfahrt?«
»Mir.«
»Ist klar, Alter.«
»Hat mein Erzeuger springen lassen.«
Marko kriegt den Mund nicht zu, guckt mich an, bewegt sich nicht, einundzwanzig, zweiundzwanzig, dreiundzwanzig, Mund zu, Stille. Bis auf die zwei Kanonen aus der Küche, die man bis in den Garten hört. Jetzt nickt der Marko.
»Hast du n Schlüssel zu der Karre?«
»Logisch.«
Er grinst wie ein Honigkuchenpferd. Nice, das Wort, Honigkuchenpferd. Kenn ich irgendwoher.
»Also, Digger?«
Und da check ich, warum der so grinst, und mein Hirn, meine Pumpe, das ist wie, weiß nicht, peng, Party halt, achtzehn.

Drinnen hocken Mutter und Ralf am Kindertisch, also am Küchentisch, vor leeren Tellern, fehlen nur noch Wunderkerzen und Partyhütchen. Ich denk, weiß nicht, Ciao, sag aber nur, dass ich Marko kurz den Wagen zeige.

Wir steigen ein. Ob Marko wirklich einen Lappen hat. Oder nicht. Egal.
»Ist vorbei mit Marie.«
Er drückt einen Knopf, und, piff paff, wir fahren.
»Norden oder Süden, Digger?«
Ja, Mann.
»Süden.«
Marko dreht die Mucke voll auf, ich mach das Fenster runter, wir grölen wie irre, und ich, ja, Mann, ich denk nur, dass wir die Besten ever sind.
Freu mich auf dich.

Die Autorin dankt der Käthe-Dorsch- und Agnes-Straub-Stiftung.

FSC
www.fsc.org
MIX
Papier aus verantwortungsvollen Quellen
FSC® C014496

Lektorat: Frankfurter Verlagsanstalt
Umschlaggestaltung: Laura J Gerlach
Unter Verwendung einer Fotografie von Juliane Baldy
Herstellung: Laura J Gerlach
Satz: psb, Berlin
Druck und Bindung: GGP Media GmbH, Pößneck
Printed in Germany
ISBN 978-3-627-00272-5